La memoria

1208

DELLO STESSO AUTORE

Chi ha ucciso Sarah?

Andrej Longo

Solo la pioggia

Sellerio editore
Palermo

e-mail: info@sellerio.it
www.sellerio.it

Questo volume è stato stampato su carta Grifo vergata prodotta dalle Cartiere di Fabriano con materie prime provenienti da gestione forestale sostenibile.

Longo, Andrej <1959>

Solo la pioggia / Andrej Longo. – Palermo : Sellerio, 2021.
(La memoria ; 1208)
EAN 978-88-389-4225-9
853.92 CDD-23 SBN Pal0344371

CIP – *Biblioteca centrale della Regione siciliana «Alberto Bombace»*

Solo la pioggia

a Lucy, a questo nuovo viaggio

1

Perché non aveva detto niente?

Perché aveva permesso che...

Eppure sarebbe bastata una parola, una sola parola. E quella parola sarebbe stata sufficiente.

Invece era rimasto in silenzio.

E ora quel silenzio non gli dava tregua. Lo avrebbe seguito, inesorabile, per tutta la vita. Come quella pioggia che continuava a cadere. Che si abbatteva sulla macchina. A ondate. Colpendola quasi con rabbia. E che si confondeva con il nero della notte.

Vide un'ombra sulla strada. O almeno così gli parve.

Lampeggiò una o due volte, ma i fari del Mercedes illuminarono solo l'acqua che scendeva.

Forse un cane.

O una busta d'immondizia portata dal vento.

Con la manica della giacca pulì il vetro, ma subito il vetro tornò ad appannarsi.

Faceva fatica a concentrarsi sulla guida.

I pensieri...

No, non doveva pensare.

Ma non riusciva a farne a meno.

E sempre quella domanda.

Perché non aveva detto niente?

Continuava a ripeterselo.

Doveva trovare una risposta.

A tutti i costi.

Gettò uno sguardo verso Papele.

Il fratello fissava la strada, in silenzio. Si chiese se anche Papele pensava a quel che era accaduto.

Ma il fratello era diverso da lui. Non era tipo da farsi troppe domande. E poi Papele aveva bevuto troppo vino a cena, troppo limoncello. Non che il vino e il limoncello c'entrassero qualcosa. O forse sì, chi l'avrebbe potuto dire con certezza.

Cercò di concentrarsi su quello che c'era da fare.

A chi telefonare, per prima cosa.

E poi che cosa dire alla moglie appena arrivato a casa.

Doveva mentirle, era indispensabile, ma Rosaria lo conosceva così bene, non gli avrebbe creduto.

Forse la cosa migliore sarebbe stata confidarsi con lei. Ammettere le proprie responsabilità e...

No, era impossibile.

Doveva ficcarsi bene in testa che non poteva parlare con nessuno di quanto successo. Né con la moglie né con chiunque altro.

Intanto aveva sbagliato strada.

Era troppo teso. I pensieri continuavano a girare intorno alla serata appena trascorsa. E lui non voleva pensare.

Tornò indietro. Costeggiò di nuovo il porto.

Il mare era scuro. Le barche, sferzate dal vento e dalla pioggia, ondeggiavano su se stesse.

La banchina era deserta.

Che ora era?

Le quattro.

Quella era l'ora in cui di solito si svegliava.

Una volta sveglio rimaneva per qualche minuto nel letto, accanto al corpo caldo della moglie. Poi si alzava. Si preparava il caffè e se lo andava a bere nel salotto. Guardando un documentario sugli animali. Quelle immagini, che raccontavano in maniera cruda la lotta per la sopravvivenza, avevano la capacità di rilassarlo, di allontanare le preoccupazioni, di prepararlo all'inizio di un nuovo giorno.

E ora, invece...

Solo quella pioggia maledetta nella quale affogare dentro.

2

Undici ore prima non pioveva ancora.

E tutto doveva ancora accadere.

Carmine, Papele e Ivano si erano dati appuntamento al cimitero. Nella cappella dove Antonio Corona, il padre, era sepolto.

Antonio Corona era stato stroncato da un infarto a cinquantatré anni. All'epoca, ci fu un gran parlare di quella morte prematura e inaspettata. Tutti, in paese, erano rimasti colpiti dall'evento. Forse perché il fatto che un uomo potente potesse morire così, come un qualunque semplice mortale, rendeva tangibile l'idea della precarietà della vita.

Al passaggio del corteo funebre, per rispetto e per timore, perché spesso le due cose si confondono, vennero abbassate le serrande dei negozi. E durante l'omelia di Don Pietro, che durò quasi un'ora, e che a lungo si soffermò sul bene che Antonio Corona aveva fatto, tralasciando di proposito gli aspetti meno nitidi della sua esistenza, venne sospeso il consiglio comunale.

Carmine, Papele e Ivano, ogni anno, nel giorno della morte del padre, si davano appuntamento in quella cappella. Da undici anni. Senza saltarne uno.

E da qualche anno ci andavano da soli a trovare il padre, senza mogli, figli o parenti. Neanche Restituta, la sorella, si portavano. E neppure la madre, che ancora non si era rassegnata a rinunciare a quella visita.

Poi, dopo aver commemorato il padre, sempre da soli, se ne andavano a cena. Con la scusa di parlare di affari.

La cena dei fratelli.

Una cosa romantica in fondo.

Di chi era stata l'idea?

Di Ivano, certo. A lui solo poteva venire in mente una proposta del genere.

Proposta che a Carmine e Papele era parsa stravagante. Erano abituati ai pranzi con le famiglie, loro. Con i bambini. I suoceri. I parenti.

I pranzi della domenica. Quelli di Natale. Di Pasqua. Di Ferragosto. Dei battesimi.

I pranzi.

In cui c'erano almeno venti o trenta persone.
L'allegria. Le risate. Le chiacchiere. Il vino.
A volte anche le litigate, certo. O meglio gli screzi. Le piccole gelosie, le invidie nascoste, i livori mai sopiti. Ma la famiglia era al di sopra di ogni cosa, perciò tutto finiva con un brindisi o una battuta. Si riprendeva a bere e a scherzare, e poi ognuno tornava a casa, commentando con più o meno malizia quanto accaduto in quei pranzi.
Che motivo c'era di modificare le abitudini e i riti di sempre?
Carmine e Papele non capivano il senso della proposta di Ivano.
E con una sottile inquietudine, già s'immaginavano seduti a un tavolo.
Solo loro tre.
Senza musica. Senza risate. Senza i pianti dei bambini. Senza le voci che si accavallavano.
Solo loro tre.
Quell'intimità eccessiva.
L'imbarazzo.
I silenzi.
Questo temevano Carmine e Papele.
Così, all'inizio, quando Ivano aveva fatto quella proposta, lo avevano preso in giro,

convinti che questo sarebbe bastato a farlo desistere.

Ma Ivano non aveva mollato.

«Una cosa nostra» diceva «solo nostra. Ma non capite?».

Non capivano.

Però alla fine avevano ceduto.

Per gentilezza. Per affetto.

Per non essere costretti a spiegare le ragioni di un rifiuto che neanche loro comprendevano del tutto.

«Però, Ivà, solo per quest'anno e solo perché sei il più piccolo...» aveva aggiunto Papele.

Il ristorante l'aveva scelto Carmine. A Quarto. Il proprietario era stato prima amico del padre e poi un loro cliente. La cucina era semplice ma genuina. Il vino buono. Il posto tranquillo. Con un po' di musica in sottofondo.

Sarebbe stata una gran mangiata un po' noiosa. Magari condita con qualche aneddoto per ricordare il padre.

Così avrebbero accontentato Ivano e l'anno dopo sarebbero tornati alle abitudini di sempre.

Questo pensavano Carmine e Papele.

Invece no.

Non era andata così.

Forse era stato quell'odore di legna che bruciava nel camino. Che li riportava col ricordo alla casa dei nonni. In campagna. Dove si ritrovavano ad ogni Natale per il cenone della Vigilia e per il pranzo. Quei pranzi che loro amavano tanto.

O forse era dipeso da quel bigliardino sul quale si erano accaniti per più di mezz'ora, prima di mettersi a tavola.

E forse aveva contribuito anche quella canna che Ivano aveva preparato in macchina, e che si erano fumati lungo la strada che dal cimitero li portava a Quarto.

Fatto sta che si era creata una complicità inaspettata. Come in quelle gite scolastiche dove i grandi non ci sono. E dove finalmente ci si può lasciar andare.

Avevano cominciato a ridere.

A bere.

A ricordare episodi dell'infanzia e poi dell'adolescenza.

A raccontarsi certe confidenze che mai avrebbero immaginato di raccontarsi.

E poi di nuovo a ridere.

A bere.

A cantare perfino.

All'una di notte erano ancora lì che non si decidevano a lasciare il ristorante. Con i camerieri che andavano avanti e indietro, inebriati dalle continue mance che i fratelli allungavano ad ogni canzone e ad ogni nuovo giro di liquori.

Era stata una serata indimenticabile.

Tanto che, da quella volta, la cena dell'anniversario era divenuta una consuetudine. E nessuno più aveva parlato d'invitare parenti o chiunque altro.

Carmine era il più grande dei fratelli Corona. Aveva appena superato la quarantina. I capelli ancora scuri. Con una calvizie al centro che ogni anno si allargava un po' di più. Pareva un prete, con quella chierica. E anche gli occhi, grandi e marroni, potevano essere scambiati per quelli di un prete.

Da ragazzo era stato magro. Aveva giocato a pallone, nella squadra del paese. Giocava all'ala, era veloce e scattante.

Ora, invece, pesava quasi cento chili.

Il *Sultano*, così da qualche tempo aveva preso a chiamarlo con affetto la sorella, che per lui aveva un attaccamento quasi morboso.

Carmine indossava un completo grigio di marca. E pure il profumo era di marca.

Aveva portato un mazzo di fiori. Dei fiori gialli avvolti in una carta viola, di seta ruvida. I fiori, così come il profumo che s'era spruzzato, li aveva scelti Rosaria, la moglie. Perché Carmine, di fiori e di profumi, non capiva niente. Lui capiva di cemento, solo di quello.

«Hai visto, papà, non ci scordiamo di te» disse Papele.

Papele aveva la testa rasata.

«Per fare più paura» diceva.

E lo diceva a voce bassa, di proposito. Stringendo un poco gli occhi e avvicinando la testa al suo interlocutore.

Davvero faceva paura quando parlava così, con quell'espressione minacciosa che non prometteva niente di buono.

D'altronde, per vent'anni, il suo compito era stato proprio quello: fare paura.

E comunque, Papele si divertiva sempre a esagerare un po'. I gesti. Le occhiate. Quelle battute che sembravano venirgli spontanee. Perfino le pause che sceglieva, tra una battuta e l'altra.

Avrebbe potuto fare l'attore. Chissà, forse gli sarebbe davvero piaciuto. Minacciare con un sorriso. Tranquillizzare con un cenno della testa. Dominare il pubblico con uno sguardo.

Papele aveva un anno meno di Carmine. Era più basso del fratello. E più tarchiato. Però gli addominali erano scolpiti. Aveva la forza di un toro. C'era una grande stanza, a casa sua, con una vetrata dalla quale si vedeva il mare, dove s'era fatto montare una palestra attrezzata di tutto punto. Ogni giorno si allenava per un'ora. Al fisico Papele ci teneva. Era quasi fissato.

E pure Carmela, la moglie, un'altra fanatica. Tutte le mattine passava almeno mezz'ora a correre sul tapis roulant. Due volte a settimana faceva venire la massaggiatrice a casa. E una volta al mese andava dal medico estetico per le microiniezioni e il filler.

Adesso però il medico estetico non bastava più, a Carmela.

«Mò m'aggia fà 'e zizze nuove» diceva.

E mentre lo diceva, faceva sempre il gesto di sollevare leggermente i grandi seni. Che una volta erano perfetti. Ma che ora, dopo aver allattato tre bambine, inevitabilmente avevano perso l'elasticità di un tempo.

Papele indossava un giubbino nero con le borchie. Mezzo aperto sul davanti, dove sul petto s'intravedeva un crocifisso tatuato. I pantaloni erano alla moda, col cavallo basso. E le Foot Locker argentate erano alla moda anche quelle. Al polso un Rolex d'oro. E d'oro, a maglie grosse, era la catena della comunione intorno al collo. Regalo di un cugino carnale del padre.

Da lontano arrivò il brontolio di un tuono.

Carmine sistemò i fiori nel vaso. Si fece il segno della croce. Con le dita accarezzò la foto del padre.

«Quanti so', papà? Nove? Dieci?».

«So' undici, Carminù, undici anni» lo corresse Papele.

Si segnò anche lui. E anche lui toccò la foto.

«Già undici? Pareva meno».

«E sembrava meno pure a me» concordò Ivano.

Ivano era il più piccolo dei fratelli.

Era nato nove anni dopo Papele. Quando i genitori ormai non ci pensavano più al quarto figlio. C'erano già Carmine, Papele e Restituta. Tre figli bastavano. E invece...

Ivano aveva la pelle più chiara dei fratelli. Era magro, ossuto, e a un'occhiata distratta dava l'impressione di una persona fragile, come quegli alberi che vengono spazzati via dal primo colpo di vento. Ma era solo apparenza. I muscoli erano lunghi, resistenti, tipici dei corridori di mezzofondo. A parte il morbillo, non si era mai ammalato. Inoltre gli bastavano cinque ore di sonno per essere in perfetta forma.

Indossava una felpa verde e un jeans strappato. Sulla felpa portava un piumino nero. Intorno al collo una sciarpa di lana color crema, che la madre gli aveva fatto ai ferri per il suo compleanno. E quegli occhiali tondi, che gli davano l'aspetto di un insegnante di scuola.

Ivano sfiorò la foto del padre.

Poi la guardò con più attenzione.

«Carminù, ma lo sai che ogni anno che passa ti fai sempre più tale e quale a papà».

Papele dette un'occhiata più attenta alla foto.

«Oh, tiene ragione Ivano, siete due gocce d'acqua».

Carmine si toccò in mezzo alle gambe.

«E allora speriamo che non faccio la stessa fine sua».

Risero tutti e tre.

«Ma quando mai» disse Papele, «devi campare cent'anni tu!».

Risero un'altra volta.

E mentre ridevano squillò il cellulare di Carmine.

«Pronto... Pronto, ma chi è...?».

Guardò il display, senza riuscire a leggere.

«Pronto...? Niente, qua sotto non prende. Torno subito».

Salì le scale e uscì.

Papele si guardò attorno.

«Bella 'sta cappella, eh, Ivà?».

Ivano, distratto, fece di sì con la testa.

«A me mi piace proprio» continuò Papele. «Con tutte queste sculture di marmo, questi bronzi. Bella!» disse ancora.

Papele e Ivano si volevano un gran bene. Tra di loro c'era anche un'ammirazione profonda, per certe qualità che ognuno riconosceva all'altro. Però, un po' la differenza di età, un po' perché interessi comuni non ne avevano, quando restavano da soli, finiva sempre che non sapevano di che parlare.

«Mi piace proprio assai» disse ancora Papele.

Poi si chinò a controllare che nel vaso dei fiori ci fosse abbastanza acqua.

Con un fazzoletto di carta tirò via un escremento di piccione che insozzava un angolo del marmo. E dopo, guardando in alto, si accorse della lampada spenta. La lampada che avrebbe dovuto illuminare la scritta e la foto del padre.

«E che sfaccimma, ma tu hai visto?».

«Ma che?».

«La luce! È scassata. E a me mi pareva più buio del solito».

Ivano sollevò la testa.

«È vero, è fulminata».

«Il guardiano mi aveva avvisato tre mesi fa e ancora non l'hanno cambiata. Ci devo fare un mazzo tanto a questi».

«E vabbuò, la cambiamo noi, che ci vuole».

«Noi abbiamo pagato, Ivà. La devono cambiare loro».

Tornò a pulire il marmo, perché lì dove prima c'era l'escremento, era rimasto un alone scuro.

Carmine, intanto, finita la telefonata era rientrato.

«Era il geometra, per quella sanatoria».

«Manca qualche documento?» chiese Ivano, che si occupava della parte amministrativa.

«Sì, però non ho capito bene di che si tratta. Ci puoi andare a parlare tu, per cortesia?».

Ivano fece segno di sì.

Papele tornò a ripetere che la luce non funzionava.

«Povero papà» disse Carmine con un mezzo sospiro, «pure al buio ti hanno lasciato».

«'St'infami, so' tre mesi che la devono cambiare» fece Papele infervorato.

«Ma no, so' bravi ragazzi» rispose Carmine. «Domani li chiamo e mettiamo a posto».

Da fuori arrivò un tuono più lungo degli altri.

«Vabbuò, papà» disse Carmine, «mò ce ne andiamo prima che comincia a piovere».

«Ci vediamo l'anno prossimo, papà» aggiunse Papele.

Tutti e tre sfiorarono un'altra volta la foto del padre.

Poi salirono le scale.

Uscirono.

Fuori si era fatto scuro. Una massa di nuvole nere veniva dal mare e si stendeva da Capo Miseno a Punta Campanella, spingendosi nell'entroterra fino al Vesuvio.

C'erano nuvole da ogni parte.

I lampi attraversavano l'aria inseguendosi uno con l'altro. I tuoni si facevano sempre più vicini.

«Marò, pare che se ne deve cadere il cielo» disse Papele.

Infatti, appena arrivati alla macchina, iniziò il temporale.

«A tempo a tempo» commentò Papele.

Salirono sul Mercedes.

Carmine mise in moto.

La cena era prevista a casa di Ivano. Ormai erano già quattro anni che mangiavano da lui. Questo perché Ivano, a differenza dei fratelli, viveva ancora da solo. E poi in cucina ci sapeva fare. Non avrebbe avuto niente da imparare da uno dei cuochi della Bersagliera o da uno di quelli che si esibivano in televisione.

«Oh» disse Papele, «devo pigliare il vino, accosta da qualche parte».

«Lascia stà, non serve, sta tutt'a posto» rispose Ivano.

«Avevo detto che lo portavo io».

«E quello Ivano non si fida» fece Carmine, «pensa che tu ti scordi, come l'anno passato».

«Mò per una volta ch'è capitato. Vabbuò, allora piglio due mozzarelle da Gaetano, le tiene buone».

«Le mozzarelle già ci stanno, non c'è bisogno» disse un'altra volta Ivano.

«E che miseria, almeno una guantiera di paste me la fai comprare?».

«Veramente ho preparato il tiramisù».

«E figurati se il fratellino non ti faceva trovare il dolce. 'O sape che tu, senza dolce, non ci sai stare».

«Ivà, e m'hai rott' 'o cazzo» esclamò Papele.

Lo disse scherzando.

Però, anche se si trattava di andare a cena dal fratello, si sentiva a disagio senza portare niente.

«Mò accatto due bottiglie di limoncello. E se già lo tieni, è meglio che ti stai zitto».

Ivano sorrise, ma non disse niente.

Carmine, però, lo vide sorridere nello specchietto.

«Ti ha fatto, Papè, tiene pure il limoncello».

Papele si voltò verso Ivano, allungò una mano e gli strinse una guancia tra le dita.

«Uagliò, la prossima vota che vieni a cena da me, non ti permettere di portare niente, se no ti lascio fuori al cancello».

Poi lo tirò verso di sé e gli stampò un bacio in fronte.

Si misero a ridere.

La pioggia intanto cadeva più fitta. Le strade si stavano allagando. E il traffico, che già di solito si muoveva indolente verso il porto, ora scorreva lentissimo, quasi a passo d'uomo.

«Jà, metti un poco di musica, Carminù, che qua pare un funerale» disse Papele.

Carmine accese la radio.

La voce di Rosario Miraggio irruppe dentro al Mercedes.

Per chi non l'ha capito
Io vivo in Paradiso
E non mi cambieranno mai
'O sole m'accarezza
'O mare me dà forza
Comme facesse mò papà!
Ce sta chi mor' 'e gelusia
Ma chist' è semp' 'a casa mia.

Papele e Carmine la sapevano a memoria quella canzone. Al ritornello si unirono al cantante.

Non andrò mai via
Nun te scurdà ca so' cresciuto ccà
So' 'nu scugnizzo nato pe' cantà.

Papele fece segno a Ivano di cantare assieme a loro.

«Non la conosco» rispose lui.

Disse Carmine:

«E quello ha studiato, queste musiche nostre non le può sapere. Mò ce le imparo io le parole».

Ma Papele, ormai tutto preso dalla canzone, si era messo a cantare da solo, tirando fuori una voce che era quasi meglio di quella del cantante.

'A gente me vò bene
Me porta rint' 'o core
E io voglio ben' a loro!

Intanto Carmine suonò il clacson, perché la macchina che lo precedeva andava ancora più a rilento delle altre. Il guidatore dell'auto fece con la mano un gesto infastidito. Lo ripeté due volte, per essere sicuro che l'altro avesse capito.

«Mò scendo, e glielo faccio capire io che sta sbagliando» fece Papele.

Aprì la portiera.

Carmine gli poggiò una mano sul braccio.

«Piove».

«E allora?».

«Ti bagni. Lascia stare».

Papele lo guardò.

Piegò un poco la testa di lato, fece un sorrisetto ironico.

Disse:

«Tu, con questo fatto che vuoi entrare in politica, ti stai facendo più accomodante».

«Ma quando mai, non dicere cazzate».

«Cher'è 'sto fatto della politica?» s'informò Ivano.

«Carmine si presenta alle comunali. Non l'hai saputo?».

«No».

«E te ne volevo parlare stasera. Ti volevo fare una sorpresa».

«Ah, pure tu» disse Ivano.

«Pure tu, che?».

«Volevo dire...».

Ebbe un attimo d'incertezza, poi aggiunse:

«... pure tu entri in politica».

In realtà Ivano, con quel *pure tu*, si riferiva al fatto che anche lui aveva una sorpresa per i fratelli. Anzi, più che una sorpresa, sarebbe stata una vera e propria rivelazione e la cena di quella sera gli sembrava l'occasione adatta per aprirsi con loro.

«Entro in politica, Ivà, che ci sta di strano?» disse Carmine, che, come Papele, di quell'incertezza del fratello non s'era avveduto.

«In fondo» sottolineò Papele, «a forza di fare case, si è imparato a conoscerli i problemi della gente comune».

«È vero» rispose Ivano.

«E allora perché fai il disfattista?» chiese Carmine.

«Senti come parla, senti» fece Papele divertito. «Il disfattista! Sta già preparando la campagna elettorale».

«Io non faccio il disfattista» precisò Ivano.

«Non fai il disfattista ma il tono mi pareva quello» insistette Carmine.

In realtà il tono di Ivano non aveva niente di particolare. Era Carmine che attribuiva al fratello chissà quali intenzioni. Questo a causa dei dubbi che Ivano già in passato aveva manifestato sull'opportunità di entrare in politica.

«E jà, Carminù, mò non ti mettere pure tu» intervenne Papele allegro, «guida e non ci rompere il cazzo».

Risero un'altra volta tutti e tre.

La pioggia cadeva.

Rosario Miraggio tornò a cantare il ritornello:

Non andrò mai via
Nun te scurdà ca so' cresciuto ccà
So' 'nu scugnizzo nato pe' cantà.

3

Carmine arrivò in cima alle scale accaldato. Con il respiro corto. E con la fronte già madida di sudore.

Appena entrato in casa si lasciò cadere sul divano per riprendere fiato.

«Ivà, e se qua non ti metti l'ascensore, io fra un poco non ci posso più salire».

«Ma qua' ascensore» lo prese in giro Papele, «devi fare un poco di palestra, come a me».

E per mostrargli il suo stato di forma, si mise a saltellare sulle gambe, muovendo svelto le braccia di lato.

Ivano abitava al centro storico, al terzo piano di un vecchio palazzo ristrutturato dopo il bradisismo. I fratelli, invece, da più di cinque anni, se n'erano andati a vivere nella nuova zona residenziale. Quella costruita dal padre.

Lì ci sarebbe stato un bell'appartamento anche per Ivano. A due passi dalle loro villette e dalla palazzina dove abitava la madre, insieme a Restituta, che non s'era mai sposata e si dedicava alla mamma e ai nipotini.

Però Ivano aveva preferito il centro storico.

Diceva che solo là si respirava la vera anima del paese.

«E meno male che non tutti s'interessano all'anima» lo pigliava in giro Carmine, «se no era meglio che cambiavamo lavoro».

E in quella battuta, seppur velato, c'era un vago tono di rimprovero. Come se il fatto di aver preferito il centro storico alla zona dove abitava tutta la famiglia Corona, fosse una colpa. Lieve, ma pur sempre una colpa.

L'appartamento di Ivano comprendeva un soggiorno con cucina a vista; una stanza mansardata per dormire, con il letto a una piazza e mezzo, e un armadio di legno fatto su misura, basso, ma lungo quanto l'intera parete. Poi c'era un'altra stanza, piccola, con una finestrella dalla quale si vedevano i tetti, che Ivano aveva attrezzato come studio. E naturalmente c'era il bagno, piccolo anche quello, ma con una vasca idromassaggio che ne occupava la metà.

Nel soggiorno c'era anche un vecchio forno in pietra per il pane. Di fronte un divano rosso, dove si era lasciato cadere Carmine appena entrato in casa. E lì, accanto al divano, un attaccapanni di legno con intagliate tre teste di Pulcinella. E poi una credenza, anche questa in legno, con in bella vista un cestino ricolmo di frutta.

Dall'altra parte del soggiorno c'era la tavola, già apparecchiata per tre.

Con la tovaglia bianca di nonna Luisa, con i fiori rossi ricamati a mano da lei, che Ivano, alla morte della vecchia, aveva chiesto di poter tenere. Sulla tovaglia c'erano i piatti, uno diverso dall'altro, e i bicchieri, pure quelli spaiati. Perché a Ivano piaceva girare per i mercatini, e lì comprava piatti e bicchieri che spesso erano pezzi unici. Ne aveva a decine, ma di ognuno, quasi fossero stati esseri umani e non oggetti, ricordava perfettamente il giorno dell'acquisto e il mercatino dove li aveva comprati.

La tavola era sistemata davanti a una grande finestra scorrevole, dalla quale si vedeva uno scorcio del centro storico e quasi per intero il porto.

Lo schermo del televisore era fissato ad una delle pareti del soggiorno e si poteva comodamente guardare sia dalla tavola che dal divano.

Per finire, un po' ovunque, erano appese un'infinità di foto in bianco e nero, di tutte le dimensioni.

Le foto le faceva Ivano. Era il suo hobby, che forse un giorno avrebbe trasformato in un vero e proprio lavoro.

Nelle foto c'erano facce di persone comuni. Oppure paesaggi notturni di periferia. Fabbriche abbandonate. Treni fermi nelle stazioni.

Erano foto sospese nel tempo, dove si coglieva l'attesa indefinita di qualcosa, un'attesa mai esplicita e sempre inquietante.

Ivano portò a tavola una bottiglia di vino rosso. Intanto Papele fece scorrere la finestra per godersi lo spettacolo delle luci che illuminavano il paese.

Il rumore della pioggia entrò nella casa.

Lontano si sentivano i clacson del traffico.

«Pure con la pioggia è sempre bella 'sta terra nostra» disse Papele.

Fece un respiro profondo e chiuse la finestra. Si tolse il giubbino, lo appese ad una delle teste di Pulcinella e andò verso la tavola. Dove

Ivano aveva appena poggiato una guantiera colma di zeppole di pasta cresciuta.

Papele riempì i bicchieri con il vino. Ne portò uno a Carmine, che stava ancora seduto sul divano a riprendere fiato.

Poi sollevò il suo.

«Ai fratelli Corona» disse.

Sollevarono i bicchieri anche Carmine e Ivano.

«Ai fratelli Corona» dissero.

Bevvero tutti e tre.

Con gusto.

«Buono, che r'è, Gragnano?» chiese Papele.

«Sì, l'ho preso alla cantina qua sotto».

«È buono. Sa un poco di tappo, però è buono».

Svuotò il resto del bicchiere.

Prese una pasta cresciuta. Se la mise in bocca e in due secondi l'ingoiò.

Disse:

«Le fai tale e quale a quelle di nonna Luisa».

«E quella è la ricetta sua» spiegò Ivano.

Papele ne pigliò un'altra.

«So' proprio buone».

Ingoiò pure quella.

Disse Ivano:

«Comunque non può sapere di tappo».

«Ma che?».

«Il vino. È vino sfuso. Tiene il tappo di metallo, non quello di sughero».

«Ah...».

Però non era convinto, Papele.

E soprattutto non gli piaceva fare la figura dell'ignorante.

Si versò un altro mezzo bicchiere. Annusò. Lo fece girare. Assaggiò, giusto a bagnarsi le labbra.

Un po' giocava a fare il degustatore, un po' si prendeva sul serio.

«Per me sa di tappo. Poco, ma il tappo si sente. Può essere pure che è la bottiglia che sa di tappo».

Ivano e Carmine si trattennero per non ridere.

«E chi sa, può essere» disse Ivano, «mò però, intanto che l'acqua bolle, sedetevi a tavola».

«Ma quella bufala che dicevi?» s'informò Carmine alzandosi dal divano.

«L'ho messa un momento a scaldare nel siero. Due minuti e te la porto».

Mentre Ivano accendeva il fuoco sotto alla padella con il sugo, Carmine si fermò a guardare una foto appesa al muro.

«Questa l'ultima volta non ci stava».

«Bravo, te ne sei accorto. L'ho fatta la settimana scorsa. Ti piace?».

«È strana...» disse Carmine.

La guardò meglio.

«Mette una specie di agitazione».

Papele si avvicinò.

«Ma quale? Questa?».

Carmine fece segno di sì.

Papele la osservò attento.

Era una strada, buia, appena illuminata da un lampione. Una persona stava in piedi accanto al portone, e un motorino passava veloce. Però tutto era sfocato. Anche le facce delle persone erano sfocate. E quello che pensavano, quello che stava succedendo o che stava per succedere, più che vederlo, uno se lo doveva immaginare.

«Ma è venuta mossa» disse Papele, «non si capisce niente».

«Ignorante. Ivano l'ha fatta apposta così».

«Ah, sì? E perché?».

«Ivà, tuo fratello è troppo ignorante, come dobbiamo fare?».

Ivano sorrise. Buttò una manciata di sale nell'acqua che bolliva.

Papele, intanto, per capire meglio, si mise a guardare la foto piegando la testa di lato. Però, mentre la guardava, gli squillò il cellulare.

Subito lo prese e gettò un'occhiata sul display.

«È Carmela. Senza di me non ci sa stare».

Lo disse orgoglioso. Ma senza riuscire a nascondere del tutto una punta di fastidio. Perché Carmela, da qualche settimana, si era fatta assillante. Non gli dava pace.

«Tutt'a posto, ciaciona mia?».

...

«Angela non vuole mangiare? E passala a me, ci parlo io».

...

«Amore a papà, perché non vuoi mangiare?».

...

«Le verdure cotte ti fanno schifo? E come mai?».

...

«Sono troppo mosce e puzzano. Tieni ragione a papà, pure io non ci vado tanto appresso. Però se non te le mangi la mamma si arraggia e facciamo le tarantelle».

...

«La mamma ultimamente sta sempre arraggiata? E pure questo è vero, amore. Però che dobbiamo fare, la dobbiamo fare arraggiare più assai ancora?».

...

«E allora se non lo vuoi fare per la mamma, fallo per papà, magnat' 'e verdure e papà ti fa un bel regalo».

...

«Se te le mangi papà ti regala cinque euro».

...

«No amore, cinquanta so' troppi».

....

«E vabbè, facciamo dieci».

...

«Li vuoi subito? Ma com'è, non ti fidi di papà?».

...

«No amore, le verdure te le devi mangiare, passami alla mamma».

...

«Carmè, per cortesia, dacci dieci euro alla bambina, dopo quando torno te li do indietro».

...

«No, non esce zoccola, Carmè, quella tiene il senso degli affari, ha pigliato da me».

...

«No, Carmè, ma quale...».

...

«Carmè...».

...

«Carmè, mò m'hai rotto 'o cazzo, fa' comme vuò tu!».

Spense il cellulare. Quasi lo sbatté sul tavolo.

«E che sfaccimma, un momento di pace non si può più avere».

Si prese un'altra pasta cresciuta, se la ficcò in bocca e si fece un mezzo bicchiere di vino.

Intanto Ivano arrivò con la zuppiera colma di mozzarelle.

«Ecco qua. Poi mi fai sapere» disse rivolto a Carmine.

«E ti faccio sapere subito».

Con la forchetta infilzò una mozzarella, la fece scolare un attimo e l'addentò. Qualche goccia di latte gli schizzò sulla giacca, ma non ci fece caso.

«Buona, questa è più buona dell'altra volta. Da dove viene? Da Mondragone?».

«Sessa Aurunca, Carminù, sempre da Sessa Aurunca».

«Overo?».

Diede un altro morso per assaggiare meglio.

«A me mi pare più compatta. E pure il sapore del caglio è più marcato».

«E forse l'ho lasciata più tempo a scaldare».

Assaggiò ancora.

«Sessa Aurunca?».

«Sessa Aurunca, tranquillo. Due bruschette le volete?».

«Porta, porta» fece Papele, «qua non si butta niente».

Ivano calò la pasta. Dopo arrivò con il cestino del pane bruschettato e la terrina coi pomodori già conditi con olio, olive, capperi, acciughe, origano, peperoncino e prezzemolo.

«Il pane l'ho fatto io» precisò.

«Tu sei un mastro» disse Papele pigliandone una fetta.

Ci strofinò l'aglio sopra. Aggiunse due cucchiai di pomodori. E s'infilò tutto in bocca, che la bocca di Papele era tale e quale al forno antico per il pane.

«Ivà» disse Carmine, preparandosi la bruschetta pure lui, «ma tu quella domanda per il finanziamento l'hai controllata poi?».

«L'ho controllata, ma non va bene così. Bisogna aggiungere le planimetrie e le foto. E poi dev'essere più chiara la motivazione sociale, gli scopi, i benefici che la comunità ne può trarre, se no, così, il finanziamento non ce lo danno né ora né mai».

«Allora la faccio riscrivere».

«Non c'è bisogno, la preparo io. Dammi un paio di giorni. Appena è pronta passo dal geometra e gliela porto».

«Tu sei uno scienziato, Ivà» esclamò Papele con la bocca piena. «Teneva ragione papà che t'ha voluto fà studià».

Si versò il vino.

«Alla salute di Ivano».

Toccarono i bicchieri.

Fecero il secondo brindisi.

Ivano prese un'altra bottiglia di vino e poi andò a scolare la pasta.

La mischiò col sugo. La fece saltare sul fuoco. E portò a tavola la padella fumante di rigatoni al ragù.

Carmine allungò il piatto.

«A me due due, che 'sta panza sta diventando troppo assai».

Ivano gli riempì il piatto a metà.

«E jà, altri due» protestò Carmine.
«Ma non ti volevi dimagrire?».
«Aggia dimagrì, non mi devo morire di fame».
Ivano sorrise.
Aggiunse un altro mestolo.
«Io non tengo problemi» precisò Papele.
Con il piatto già pronto in mano.
«Sto a fotomodello, io, vai tranquillo».
Ivano gli fece una porzione abbondante. Però per Papele il piatto doveva traboccare, così aspettò fino a quando non fu stracolmo.
Intanto Carmine assaggiò. Goloso.
Disse:
«E che meraviglia 'sto ragù».
«Ti piace?».
«Una squisitezza».
«Ci sta pure l'agnello dentro, si sente?».
«L'agnello dentro al ragù?».
«L'agnello. Lo mettono gli arabi nel cuscus. È un ragù arabo napoletano, una variante mia».
«Tu cucini troppo bello, Ivà» commentò Papele, «mi fai allegriare».
E mentre si allegriava, con il bicchiere di vino in mano, gli squillò un'altra volta il cellulare.

Disse Papele: «Ecco qua, è finita la tranquillità».

«Ciaciò, che succede, tutt'a posto?».

...

«Le creature stanno agitate per i tuoni? E tu facci fare il karaoke con la canzone di Liàn, quella che piace a loro. Come si chiama?».

...

«*Cuore non l'amo più!* Eh, quella là. Così si mettono a cantare e ai tuoni non ci fanno più caso».

...

«Ho capito, ma io stongo dentro al meglio, non posso tornà mò».

...

«E appena ho finito, torno, stai serena».

...

«Carmè, io insieme ai fratelli miei ci sto una volta all'anno, tu pare che me la vuoi intossicare apposta 'sta serata».

...

«Eh, brava, chiama a tua madre, chiama!».

«Speriamo che trova pace» disse spegnendo il cellulare.

Si mangiò una forchettata di rigatoni e svuotò il bicchiere di vino.

Fece Carmine, con intenzione:

«Ma quella, Carmela, prima, non era così azzeccosa...».

Papele non disse niente e continuò a mangiare.

«È successo qualcosa?» tornò a insistere Carmine.

«Ma che deve succedere, che ne so io» rispose Papele infastidito.

Invece lo sapeva bene il motivo per cui la moglie ce l'aveva con lui. Il fatto che non sapeva, però, era che quel motivo lo conosceva pure Carmine. Perché Carmela, proprio la settimana prima, si era sfogata con Rosaria, la moglie di Carmine. E Rosaria ne aveva parlato con il marito.

«Dammi altri due rigatoni» disse Papele, «che quando mi sale il nervoso mi viene ancora più appetito».

Ivano gli riempì il piatto.

E subito dopo, anche per cambiare discorso, disse:

«Fammi capire meglio questo fatto che entri in politica, Carminù. Che ci trase la politica, mò?».

«Ivà, di base è solo una questione economica. Fino ad oggi, i nostri affari li abbiamo fatti pagando quello che ci stava da pagare ai politici di turno. E poi garantendoci le giuste protezioni lì dove si andava a costruire. Mò però si tratta di fare il salto di qualità».

«In che maniera?».

«E te lo spiego subito. Se io riesco a entrare in prima persona nel meccanismo politico, ecco che noi, quella percentuale che prima cacciavamo per i politici, non la dobbiamo cacciare più».

«Ho capito».

«E non è finito. Perché possiamo risparmiare anche la percentuale per le protezioni, dato che in cambio, invece di pagare per la protezione, garantiremo informazioni, appalti, concessioni. Ho fatto due conti: come niente il guadagno si raddoppierà».

«E mica è fesso, Carminuccio nostro» commentò Papele.

«Per mò ci facciamo le comunali» concluse Carmine, «poi fra due tre anni, se le cose vanno come debbono andare, puntiamo direttamente alla Regione. Puntiamo ai finanziamenti europei, che lì, una volta capito come funziona il meccanismo, ci stanno da mungere parecchie vacche».

Ivano non era convinto. Non che ritenesse Carmine inadeguato alla politica. Anzi, gli riconosceva l'abilità del mediatore e la capacità organizzativa e decisionale. Però lo stesso aveva i suoi dubbi. E li aveva anche se loro, i fratelli Corona, era ormai da un pezzo che coi politici facevano affari di tutti i tipi.

Ma erano affari fatti dal di fuori.

Da dentro, sarebbe stata la stessa cosa?

«Tu non sei convinto...» disse Carmine.

«Non lo so... Per esempio non c'è il rischio che prima o poi qualcuno si mette a scavare nei panni sporchi?».

«I panni sporchi li tengono tutti» rispose Carmine.

«E se qualcuno scava troppo» aggiunse Papele, «me la vedo io. Nella maniera classica, che mica me lo sono scordato come si fa».

Un tuono più forte degli altri fece tremare la casa.

«Senti come butta, senti» fece Papele.

«Un altro poco di rigatoni?» chiese Ivano.

«Io sto a posto così» rispose Carmine. «Però adesso voglio fare un brindisi a papà».

Prese il bicchiere, si alzò.

Si alzarono pure Ivano e Papele.

«A quel grand'uomo di nostro padre, che aveva capito tutto e ci ha mostrato la strada da percorrere».

«A papà!» dissero tutti e tre quasi gridando.

Poi svuotarono i bicchieri.

La seconda bottiglia era finita.

Mentre ne prendeva un'altra, Ivano, con tono divertito, disse:

«Comunque tiene ragione Papele, ti sei messo a parlare più ricercato».

«Mò non sfottere» disse Carmine.

«No, veramente» ribadì Ivano mentre Papele apriva la terza bottiglia, «mica parlavi così prima».

«Embè... la verità? È che sto seguendo una scuola».

«Una scuola?».

«Sissignore. Sono lezioni online per parlare in pubblico. E poi la sera mi leggo certi discorsi fatti dai politici antichi per capire come funziona. Ma perché, si sente la differenza?».

«E come non si sente. Solo che...».

Papele non lo fece finire.

«Basta co' 'sta politica, mò. Un poco di silenzio per cortesia», sbatacchiò cinque sei volte la forchetta contro al bicchiere, «devo fare un brindisi pure io».

«Tu bevi troppo, Papè» disse Ivano.

«Statti zitto, fammi parlare. Questo è un brindisi che ci tengo assai».

«E a che dobbiamo brindare?» chiese Carmine.

Disse Papele, illuminandosi tutto e sollevando il bicchiere come la spada di un guerriero antico:

«Dobbiamo brindare al quarto che sta per arrivare!».

«E vabbuò» fece Carmine, «che Carmela è uscita incinta ce l'hai detto già».

«Forse è per questo che sta nervosa» lo punzecchiò Ivano.

«Ma qua' nervosa. Sta contenta pur'essa perché abbiamo fatto l'analisi specifica...».

E dopo una pausa, con la voce piena, gonfia di orgoglio e di entusiasmo, aggiunse:

«Arriva il maschio!».

«Alla fine ce l'hai fatta!» esclamò Carmine.

Che era contento per il fratello, perché quel maschio che non arrivava stava diventando una fissazione.

«E che ti credevi, che solo tu eri capace!».

«Bravo Papè, alla salute dell'erede» disse Ivano.

«Auguri, Papè!».

E brindarono un'altra volta pieni di allegria.

«E mò che ci fai mangiare?» chiese Carmine dopo il brindisi.

«Tu che dici?».

«Le polpette?».

E lo chiese con gli occhi che brillavano, perché le polpette erano il suo piatto preferito.

«E a Carminuccio mio lo facevo stare senza polpette?».

«Sei un grande, Ivà!».

Mentre Ivano preparava il piatto con le polpette, Papele si avvicinò alla finestra e l'aprì per fumarsi una sigaretta.

Un'altra volta il rumore della pioggia irruppe nella stanza. Adesso era così forte che i clacson non si sentivano quasi più.

«Sta incasando malamente» disse Papele.

«Par' 'o Bangladesh» fece Ivano.

«'O Banglache?».

«'O Bangladesh, Papè» ripeté Carmine divertito.

«E arò sta?».

«Sta vicino all'India, oh, ma si' ignorante forte».

«Ma che me ne fotte a me d' 'o Bangladesh. Io me vulesse fà 'na bella chiavata, mò!».

«Perché, Carmela non ti basta più?» chiese Carmine.

«Non mi basta mai a me. Che dite, le vogliamo chiamare due ucraine?».

«Tu tieni sempre una cosa per la capa» disse Carmine.

Ma quella cosa, per Papele, negli ultimi mesi si era trasformata in un'ossessione. Tanto che non perdeva occasione per andare con una di quelle ucraine che aveva appena proposto di chiamare.

Il sesso a pagamento non se l'era fatto mai mancare, ma capitava una volta ogni tanto, e Carmela non aveva mai sospettato. Ora, invece, era diventato un pensiero fisso. E Carmela aveva finito per scoprirlo.

Due giorni prima si era sfogata con Rosaria, la moglie di Carmine. Che un po' imbarazzata le aveva suggerito di pazientare. *Forse dipende dalla gravidanza*, aveva detto. *Appena partorisci torna tutt'a posto.*

Però Carmela non era tipa da pazientare e già un paio di volte aveva minacciato Papele di buttarlo fuori di casa.

Insomma, l'unione della famiglia era a rischio e bisognava fare qualcosa. Carmine si era ripromesso di parlarne a quattr'occhi col fratello, ma l'occasione ancora non si era presentata.

Disse Carmine:

«Spegni quella sigaretta e vieni a mangiare, che ci stanno le polpette».

Ivano, infatti, stava arrivando con un piatto ovale dove le polpette, grandi come una grossa noce, navigavano in un sugo scuro, quasi nero.

Papele spense la sigaretta.

Carmine assaggiò la prima polpetta.

«Mamma mia bella!» esclamò estasiato.

E poi, non contento:

«Un brindisi alle polpette di Ivano».

Così fecero un altro brindisi e si buttarono sulle polpette.

Che prima erano state fritte. E poi passate nel ragù, come la classica ricetta raccomandava.

Per un minuto si sentì solo il masticare godurioso e i mugolii di piacere.

Poi d'un tratto disse Papele:

«Ivà, ma qua i brindisi li facciamo solo noi».

«E si vede che non tengo niente da brindare» rispose Ivano.

Ma rispose con il tono scostante, come se fosse stato infastidito da quell'osservazione di Papele che lo metteva in mezzo.

La verità, però, era che Ivano quella sera voleva parlare ai suoi fratelli di una questione personale. Quella famosa sorpresa che aveva in serbo. E più il momento di parlare si avvicinava, più cresceva la sua agitazione.

«Ma perché, non ti piace niente a te?» insistette Papele.

Ivano scrollò le spalle senza rispondere.

Allora Papele, con il tono pungente, disse:

«Solo quelle cazzo di foto t'interessano?».

«Papè, ma come ti viene?» s'intromise Carmine, sorpreso dal tono aggressivo del fratello.

Che poi, Papele, neppure se n'era reso conto. Voleva solo fare una battuta, prenderlo un po' in giro. Invece gli era uscito quel tono ostile, che forse, a sua insaputa, nascondeva un sottile risentimento.

«No no, fallo dire» ribatté Ivano. «Che ci sta che non va nelle foto mie?».

«Ma niente, Ivà, io so' ignorante... però non capisco una cosa: 'sta terra nostra è così bella, perché fai sempre quelle foto nere. Tristi. Disgraziate».

«E perché, devo dare conto a te di quello che fotografo?».

«Ci mancherebbe...» riconobbe Papele.

Che s'era già pentito di aver dato il via a quella discussione carica di malintesi e priva di senso.

Per qualche secondo i tre fratelli rimasero in silenzio, senza spostare neppure una forchetta.

Che poi silenzio non era, perché la pioggia, assordante, martellava contro la finestra.

«Ma quanta sfaccimma di acqua sta facendo oggi?» esclamò Papele per spezzare la tensione. «Mica è normale tutta quest'acqua».

«Io non lo so se è normale» rispose serio Ivano, «però so che stasera vi voglio mettere al corrente di una decisione che ho pigliato e che ancora non vi ho detto».

Una decisione che avrebbe coinvolto anche i fratelli. E che, Ivano lo immaginava già, non avrebbero approvato.

Però, e di questo Ivano era sicuro, quel passo, che da tempo voleva compiere, andava fatto.

Adesso era arrivato il momento.

4

«Che decisione?» chiese Carmine.

E per un attimo, ma fu solo un attimo, riaffiorò un'immagine confusa. O meglio il frammento di un'immagine, che chissà da quanto era sepolto in un angolo della memoria.

Era una stanza nella penombra. E un uomo, lì nel buio, faceva degli esercizi, forse dei piegamenti...

Doveva essere la scena di un film che ora non riusciva a ricordare.

Chissà perché gli era tornata in mente proprio in quel momento.

L'immagine svanì.

Ivano, intanto, ebbe ancora un'incertezza.

Bevve un sorso di vino.

Poi disse:

«Io lo lascio 'sto paese».

«Lo lasci?» chiese Papele. «Ma che vuoi dire?».

«Che me ne voglio andare da qua».

«Te ne vuoi andare?» chiese ancora Papele che continuava a non capire.

«Sissignore. Non è adatto a me».

«Com'è non è adatto? Fatti capire, Ivà» insisté Papele.

E si ficcò in bocca un'altra polpetta.

«Non ci sto bene. È un posto pieno di tensioni. E poi è diventato troppo violento per me».

A Papele scappò una risata.

«Ma mò che ridi? Che tieni da ridere?».

Papele fece per rispondere, ma la polpetta gli andò di traverso. Cominciò a tossire. Buttò giù un sorso di vino. E quando finalmente riuscì ad ingoiare il boccone, disse:

«E scusa, Ivà, tu dici che questo paese è violento! Tu! Uno dei fratelli Corona! E ci vuoi pigliare per culo, allora. È uno scherzo, jammo».

E rivolgendosi a Carmine, aggiunse:

«Sta pazziando. Se l'è presa per il fatto delle foto. Mò vuole fare un poco di scena».

«È così, Ivano? Stai pazziando?» chiese Carmine.

Che però era convinto del contrario.

«Non sto scherzando, me ne voglio andare veramente».

«E dove vuoi andare?» chiese Papele divertito. «Stiamo tanto bene qua».

«Ci stai bene tu, io no».

«Ma che ti manca? Quello che vuoi, qua lo puoi avere. E poi ci sta il mare, la campagna, ci stanno pure le puttane ucraine. Che ti manca?».

«Papè, qua si soffoca».

«Si soffoca?».

«Qua non si può fare un passo che lo sanno tutti quanti».

«Ma che vai dicendo? Qua nessuno si permette di dire niente. Siamo rispettati, siamo stimati, siamo i padroni di mezzo paese, dove te ne vuoi andare!».

«Siamo temuti, non siamo stimati».

«E siamo temuti, e allora?».

È come parlare a vuoto, pensò Ivano. Forse ho fatto male a mettere il discorso in mezzo proprio stasera.

Fece un sospiro e si alzò.

«Lascia stare» disse, «magnamoci il friariello».

Ma intanto che andava a prendere la verdura, Papele, quasi a chiudere il discorso, volle puntualizzare:

«E poi, Ivà, non ti scordare che stiamo a società, noi. E sono affari grossi, non so' scemenze. Mò Carmine entra pure in politica. Guarda che papà ti ha fatto studiare per questo, non per andartene da un'altra parte».

Si mangiò l'ultima polpetta.

Si bevve un altro poco di vino.

Ivano portò i friarielli a tavola. Fece le porzioni. Si sedette. Si tolse gli occhiali poggiandoli sulla tavola. Pensò un'altra volta che era inutile parlare.

Però non ce la fece a stare zitto.

«Io non sono come voi».

Furono quelle le parole decisive?

Parole che una volta pronunciate non si possono più cancellare.

Parole proferite senza comprendere appieno il peso di ciò che si dice. Oppure dette con la precisa intenzione di ferire, magari sfuggite in un impeto di rabbia.

Parole che si conficcano nell'anima senza poter essere dimenticate.

Parole che riecheggiano nella testa, simili ad ululati di lupi portati dal vento che impediscono di dormire.

Parole che rotolano impetuose senza poter essere arrestate.

Parole a volte banali nella loro essenza, eppure terribili nella verità che lasciano intravedere.

Io non sono come voi.

Furono quelle le parole da cui tutto cominciò?

Parole che ne portarono altre, e poi altre, e poi altre ancora.

Un gioco infinito che, una volta iniziato, nessuno fu più in grado di controllare. Come quell'acqua che veniva giù, inarrestabile. E che minacciava di travolgere ogni cosa.

«Che vuò dicere, mò?» chiese Carmine.

Che di colpo aveva visto riaffiorare più nitida quell'immagine.

Il buio di una stanza. L'uomo a torso nudo che faceva piegamenti. Un lamento...

C'era qualcos'altro, ma non riusciva a metterlo a fuoco.

E non era un film.

Quella stanza gli ricordava qualcosa. Qualcosa che lo angosciava...

Ancora una volta l'immagine svanì.

«Che vuoi dire, spiegati...» chiese di nuovo Carmine.

«Che non ho vissuto in mezzo alla strada come voi. Ho studiato, tranquillo, sistemato. Non sono abituato».

«A che?» chiese Papele spazientito. «Fatti capire, Ivà».

Ivano tornò a mettersi gli occhiali.

Prese una forchettata di friarielli.

Intanto cercava le parole.

Per un momento restò con la forchetta a mezz'aria. Poi di nuovo la poggiò nel piatto.

«Stamattina sono andato a fare delle foto...».

«Delle foto. E allora?» chiese Papele.

«E allora, mentre facevo le foto, tre ragazzetti mi hanno messo in mezzo».

«A te?» chiese Carmine sorpreso. «E dove?».

«Si volevano fottere la macchina fotografica».

«Ma tu mica ce l'hai data?» s'informò Papele, quasi minaccioso.

«No».

«Bravo! E li hai scommati di sangue, sì?».

Ivano restò in silenzio.

«Due paccheri ce l'hai dati?» insisté Papele.

Ivano, sempre senza dire niente, girò la testa da un'altra parte per evitare lo sguardo del fratello.

«'Na sputazzata in faccia, perlomeno».
Ivano fece di no con la testa.
«E allora?».
«Me ne so' scappato, Papè».
«Che hai fatto?».
«Me ne so' scappato!».
«Te ne si' fujuto?» chiese incredulo Papele.
«Te l'ho detto, non sono come voi. Tengo paura, io».
«Dov'è successo?» s'informò Carmine.
«Lascia stare mò, che importanza tiene?».
«Dov'è successo?» chiese un'altra volta Carmine.
Con il tono risoluto.
Quello che sempre aveva quando c'era da prendere una decisione. Quelle decisioni che solo lui poteva prendere.
Ivano rimase in silenzio, reticente.
«Ivà, cazzo» lo incalzò Papele, «dov'è stato?».
«Ma è una cosa da niente...».
«È una cosa da niente, ma noi siamo i fratelli Corona» gli ricordò Carmine senza alzare la voce. Ma sempre con quel tono che non ammetteva replica. «Ai fratelli Corona non si debbono permettere» precisò.

«Erano quasi bambini...».

«Dobbiamo sapere dov'è capitato!» gli urlò in faccia Papele.

Ivano fece un sospiro.

Poi si arrese.

«Al pontile» disse.

«L'Italsider?».

«Sì».

«Il pontile principale?».

«Sì».

«Cazzo, ti hanno visto tutti, allora».

«Ma no, non c'era nessuno».

«E quanti erano?».

«Tre».

«Età?».

«Non lo so, Papè, tenevano certi cappellini da baseball. Non li vedevo bene in faccia».

«Vabbuò, su per giù?».

«Dieci, undici anni... I cappellini erano azzurri, con lo stemma del calcio».

«Qualche particolare?».

«Niente...».

«Niente?».

«No... Ah, sì... A uno ci mancavano due dita della mano destra».

«E che aspettavi?».
«Mi è venuto in mente ora».
«Lo sapevano a chi appartenevi?».
«No, penso di no».
«Che facciamo?» chiese Papele a Carmine.
«Li dobbiamo trovare».
«Chiamo gli amici?».
«No, ce la dobbiamo vedere noi».
«Vado a cercarli io?».
«No...».

Fece una pausa.

«Chiama a Don Pietro».
«Don Pietro?».
«Quello conosce tutti, soprattutto i bambini».
«E che gli dico?».
«Di capire chi sono e di farli andare da lui. Con una scusa. Dopo ci pensiamo noi».
«Li portiamo giù al deposito?».
Carmine fece segno di sì.
Il deposito.
Era da tanto che non lo usavano più. Tre anni, forse quattro.
Il deposito.

Sulle labbra di Papele si disegnò un sorriso strano. Il ghigno di una bestia affamata.

Prese il cellulare.

«No, Papè, aspetta...» s'intromise Ivano.

Disse Carmine:

«Per cortesia, Ivà».

Allora Ivano rimase zitto.

E Papele fece il numero.

«Don Pietro, so' Papele, Papele Corona. State cenando, vi disturbo?».

...

«Grazie Don Pietro, pure a voi. Sentite Don Pietro, vi debbo chiedere una cortesia».

....

«Stamattina, al pontile dell'Italsider, tre ragazzetti non si sono comportati bene con mio fratello Ivano».

...

«È vero, le nuove generazioni non portano rispetto».

...

«Dieci, undici anni. A uno mancavano due dita della mano destra. E tenevano certi cappellini azzurri, quelli che portano tutti».

...

Intanto che parlava, si alzò e andò verso il bagno.

«Don Pietro, vi saremmo molto grati se ci date una mano a trovarli. Se li fate venire lì da voi».

...

Entrò nel bagno, senza chiudere la porta. Per un momento la sua voce si allontanò, confondendosi con un tuono.

«Il prima possibile Don Pietro, questa è una preghiera personale e spero che ci potete venire incontro».

...

«Grazie Don Pietro, Carmine vi ringrazia con il cuore. Allora aspettiamo la vostra telefonata».

Dal bagno arrivò il rumore dello scarico.

Papele uscì dal bagno. Con una mano tirò su la cerniera dei pantaloni. Poi si toccò in mezzo alle gambe.

«A posto?» chiese Carmine.

«A posto. Appena sa qualcosa ce lo fa sapere».

Papele tornò a sedersi. Voleva bere ma il vino era finito. Ivano si alzò, prese una bottiglia, la portò a tavola. E dopo averla aperta riempì il bicchiere del fratello.

Papele bevve una sorsata.

Cominciò a mangiarsi i friarielli.

Enormi forchettate che portava alla bocca mentre l'olio sgocciolava, e che ingoiava senza quasi masticare.

«'Azzo, so' buoni 'sti friarielli. Carmela non li sa fare così saporiti. Fammi una cortesia, Ivà: uno di questi giorni passa da noi e le fai vedere come li prepari».

Si finì il resto del vino con voluttà.

Tornò a riempirsi il bicchiere. Riprese a mangiare.

La pioggia continuava a cadere.

«Ivà, senti a me» disse Carmine, «appena pigliamo 'sti tre muccusielli, tu te ne scendi con noi».

«Me ne scendo con voi? Dove devo scendere?» chiese preoccupato.

«Giù al deposito. Così lo capiscono tutti che certe cose ai fratelli Corona non si possono fare».

Il deposito.

Nel paese bastava un accenno a quel deposito, e la gente impallidiva.

L'idea era stata del padre.

L'Italsider aveva smesso di funzionare da poco e loro non si occupavano ancora di cemento. All'epoca le attività a cui si dedicavano erano il lotto clandestino, l'usura e lo sfruttamento della prostituzione. Ma i soldi veri si facevano con la droga e con il cemento. Per entrare in quel giro, però, occorreva trovare nuovi spazi, conquistare nuovi mercati, e per conquistarli c'era una sola maniera: la violenza. E doveva essere una violenza efferata, crudele, spietata, così da spazzare via la concorrenza e scoraggiare ogni forma di ribellione.

Il solo nome dei Corona doveva incutere terrore.

Il deposito serviva a questo.

Un luogo maledetto in cui evocare ancestrali paure.

Nella zona dell'ex stabilimento siderurgico ce n'erano tanti di spazi dismessi da poter adattare a quello scopo. Il padre aveva scelto un capannone che un tempo era adibito alla lavorazione dei metalli, e che era situato in una strada isolata e angusta, dove il vento, che scendeva dalla collina prospiciente, s'infilava tra le rovine, trasformandosi in un lamento spettrale.

L'interno era tetro, con pareti d'acciaio e grossi tubi che andavano da un muro all'altro. Il soffitto era di metallo, sorretto da quattro spesse travi che dal pavimento si ergevano verso l'alto simili a maestose colonne.

Sulla destra c'era una scala d'acciaio che conduceva a una sorta di stanzino, d'acciaio pure quello. Di fronte alla scala c'era invece una sedia di ferro, saldata al pavimento. A un paio di metri dalla sedia una vasca, un tempo adibita alla lavorazione dell'acciaio, che fumava in continuazione così da rendere più infernale l'ambiente. E poi in fondo, addossato alla parete, c'era un vecchio tavolo di legno, usato dal padre e dai figli per pianificare le operazioni. Sul tavolo non mancava mai un pacchetto di sigarette mezzo pieno, un posacenere colmo di cicche e qualche bottiglia vuota di birra.

Una porta blindata impediva l'ingresso ai curiosi.

E una telecamera, nascosta in un albero rinsecchito a pochi metri dal deposito, permetteva di controllare gli spostamenti che avvenivano in zona.

Di solito la vittima veniva portata nel deposito e legata alla sedia di ferro. Poi, di colpo, mentre i fumi si alzavano dalla vasca, si sentiva provenire dall'alto un inquietante rumore di passi che rimbombava sull'acciaio, propagandosi sinistramente per il deposito. E poi ecco che dallo stanzino appariva Papele, a torso nudo, che un passo dopo l'altro, scendeva la scala di metallo, avvicinandosi alla vittima.

Ivano ci era andato una sola volta là dentro. Quando aveva tredici anni.

Lo aveva portato il padre.

«Guarda, imparati» gli aveva detto.

C'era un tipo magro, senza maglietta, legato alla sedia. Papele gli stringeva un filo di ferro attorno al collo. Piano, senza fretta. Il tipo sudava. La saliva gli scivolava dalla bocca semiaperta, insieme a un rivolo di sangue. Gli occhi sembravano schizzargli dalla testa.

Dopo qualche minuto Ivano aveva dato di stomaco. Subito dopo se n'era scappato.

Là sotto non ci era voluto più tornare.

«Devi venire, Ivà. È importante» disse ancora Carmine.

«Io non vengo da nessuna parte».

«Ivà...».

«Io me ne parto domani stesso, non voglio sapere più niente».

«Ma sì, vattenne, fujtenne» sbottò Papele irritato, «fai come tutti quanti, che la lasciano questa terra».

«Che ci trase, mò?».

«Sei un infame, questo sei».

«Sono infame perché voglio decidere la vita che voglio fare? Perché non lo fai pure tu? Chi te lo impedisce?».

«Ma statti zitto, scemo. Tu si' infame perché tieni paura, e per la paura te ne scappi da qua».

«No, Papè, tu non hai capito proprio niente».

«E che devo capire? Che ci sta da capire? Hai campato sulle spalle della famiglia, hai studiato perché noi ti abbiamo fatto studiare, e adesso: grazie e arrivederci? Stai sbagliando, Ivà».

«Sto sbagliando? Ma magnati il friariello per cortesia».

«Mò non ti spostare con la bocca» disse Papele, «si' semp' 'o frate minore».

«E siccome sei più grande ti credi che mi puoi trattare come cazzo ti pare?».

«Eh, ti tratto come cazzo mi pare, e allora?».

Ivano stava per rispondergli, ma in quel mentre a Papele squillò il cellulare.

Papele guardò il display.

Era sempre Carmela.

«Questa non trova pace».

«Carmè, ch'è stato?».

...

«Simona tiene mal' 'e capa? E che devo fare io?».

...

«La meningite? Ma qua' meningite, Carmè!».

...

«Carmè, mò tengo da fare, parliamo quando torno a casa».

...

«E non lo so quando torno, stiamo ancora al friariello».

...

«’N’ata vota co’ ’sta meningite. La meningite la tieni tu, Carmè!».

...

«Carmè...».

...

«Carmè, controllati, stanno le bambine!».

...

«Carmè...».

...

«Carmè, m’hai rott’ ’o cazzo!».

Chiuse la telefonata e sbatté il cellulare sul tavolo.

«Quando fa così, ’a pigliass’ a paccheri».

Si versò il vino e si svuotò il bicchiere.

Il cellulare tornò a squillare.

Papele lo afferrò.

«Carmè, basta, vattene a dormire».

Poi interruppe la telefonata e si mise ad armeggiare con la tastiera.

«Mò ti tolgo proprio la voce, così lo vediamo se mi lasci tranquillo».

E dopo aver abbassato il volume si ficcò il telefono in tasca.

Si bevve un altro poco di vino.

La pioggia seguitava a cadere.

Cadeva sui vetri. Sui tetti. Cadeva sul mare, sulla campagna, nei vicoli del centro storico. Ormai erano cinque ore che cadeva senza tregua. E intanto le cantine si allagavano, si allagavano i bassi, gli scantinati, i negozi, la stazione della metro e quella della Cumana. Una vecchia, su di una sedia a rotelle, era rimasta bloccata al piano interrato del reparto neurologico di Santa Maria delle Grazie. Aveva le pantofole bagnate e mugolava piano, ininterrottamente, mentre il marito continuava a premere il bottone dell'ascensore nella vana speranza di vedere le porte aprirsi.

La pioggia cadeva e l'acqua s'infilava ovunque, inarrestabile. Le strade erano torrenti in piena. Le macchine, a decine, già intrappolate. Una donna era scesa dalla sua auto temendo di essere trascinata via dalla furia dell'acqua. Aveva preso in braccio la figlia di tre anni e ora procedeva a piedi, scalza, con l'acqua che le arrivava alle cosce e la bambina che si stringeva al collo della madre con le piccole dita raggrinzite dal freddo. Un uomo si aggirava tra le macchine impantanate e a gran voce chiamava il padre. Due ragazze erano in piedi accanto alla loro auto sommersa già per metà, e si tenevano per mano, in silenzio, incapaci di decidere cosa fare.

La pioggia cadeva e le telefonate di allarme si moltiplicavano. Le sirene dei pompieri passavano lontane. A volte si avvicinavano con il loro ululato inquietante. Da qualche parte, prima o poi, si sarebbe aperta una voragine. Qualcuno sarebbe stato ingoiato. Qualcuno avrebbe gridato senza poter fare niente. E i bambini, impauriti, avrebbero pianto.

Un tuono parve spezzare il cielo.

Disse Carmine:

«Io l'ho capito perché tu te ne vuoi andare da qua».

Lo disse con la voce affettuosa del fratello maggiore.

Ivano lo guardò.

E guardandolo si chiese fino a che punto Carmine avesse capito.

«Tu tieni ragione» continuò Carmine, «la vita della strada non l'hai mai conosciuta. Quando tenevi dieci anni noi eravamo già uomini da un pezzo. Rischiavamo la pelle per conquistarci il nostro spazio. Per guadagnarci il rispetto. È stato papà a decidere che tu dovevi crescere diversamente. Lo ha deciso dopo quella volta che te n'eri scappato dal deposito. E noi, Papè...» disse rivolgendosi all'altro fratello, «eravamo contenti di questa scelta. Te lo ricordi? L'abbiamo sempre protetto, a Ivano, coccolato. L'abbiamo tenuto lontano dalla strada, dai pericoli. Perciò mò è normale che gli è venuto un poco di turbamento. Lui non sarà mai come a noi, Papè».

«Tieni ragione Carminù, non può essere come a noi» concordò Papele, senza nascondere l'orgoglio di quell'affermazione.

«Però il vero problema secondo me è un altro» disse ancora Carmine.

«E quale sarebbe il problema?» fece Ivano restando sulle sue.

«Sarebbe che a te ti manca un affetto vero».

«E noi?» protestò Papele, «noi non siamo nessuno?».

«Certo, noi siamo importanti per Ivano. Ma io intendevo una famiglia tutta sua, come la teniamo io e te, Papè».

E tornando a rivolgersi a Ivano:

«Una casa illuminata quando torni la sera. Una brava moglie che ti aspetta. Due bambini che ti corrono incontro per saltarti in braccio. Secondo me è questo quello che veramente ti manca. Un poco di calore, di allegria».

«È vero, Ivà, l'età ormai la tieni, perché non ti sposi pure tu? Ti sistemi come abbiamo fatto noi».

Ivano fece segno di sì con la testa. Al tempo stesso, però, gli scappò un mezzo sorriso d'imbarazzo.

Disse ancora Papele:

«E scusa per prima, sono stato troppo irruento. Quello è il carattere mio. Ma io ti voglio bene, Ivà, tu sei la vita mia».

Si alzò per abbracciarlo.

Gli brillavano gli occhi.

Ivano strinse il fratello in un abbraccio goffo.

Poi Papele gli batté la mano sul petto, forte.

Disse:

«Jà, vedi che dopo che ti sei sistemato ti passa tutto. Però intanto...» aggiunse tornando a sedersi, «... aspettando che ti sistemi, perché non pigli quel tiramisù che hai detto, mi è venuto il volio».

Ivano fece un sorriso più rilassato. Si alzò per andare a prendere il tiramisù.

Intanto la pioggia non si fermava.

Si sentiva lo scroscio prepotente dell'acqua contro i vetri e sopra il tetto, ed era tale il rumore, che le parole, se solo uno dei tre si allontanava dagli altri di qualche metro, quasi non si sentivano più.

«Ivà, e qua se insiste così» disse Papele, «finisce che restiamo da te a dormire».

«Tu e Carmine siete i padroni qua».

Prese il tiramisù e lo portò a tavola.

«L'ho fatto con i pavesini, come piace a te».

«E lo vedi che mi vuoi bene pure tu, allora!» fece Papele porgendo subito il piatto.

Ivano mise una fetta di dolce nel piatto di Papele.

Poi servì Carmine.

«Ma non ci stava il limoncello?» chiese Papele.

«Come!».

Andò di nuovo verso la cucina. Dal congelatore tirò fuori la bottiglia del limoncello e tre bicchierini. Poi tornò verso i fratelli. Poggiò i bicchieri sulla tavola.

Disse Carmine:

«Guarda che raffinatezza, guarda: ha messo i bicchieri dentro al congelatore».

«È roba buona il fratelluccio nostro» gli fece eco Papele.

E subito pigliò la bottiglia di limoncello. L'aprì. Si versò il liquore. E sollevò il bicchierino per un nuovo brindisi.

«Alla femmina fortunata che sposerà nostro fratello!».

A volte basta un momento per cambiare il corso degli avvenimenti.

Un messaggino mandato per errore. Una macchia d'olio per strada. Un treno perso per un contrattempo. Uno sguardo rivolto alla persona sbagliata.

Basta un momento.

E accadono fatti che altrimenti non sarebbero mai accaduti.

Almeno questo crediamo.

E se invece non fosse così?

Se invece quei fatti accadessero ugualmente? Seguendo un sentiero nascosto, a volte invisibile. Per riprendere poi il filo di un destino già prestabilito.

Fu così anche per quella frase?

O qualunque altra frase avrebbe portato alle stesse conseguenze?

«Alla femmina fortunata che sposerà nostro fratello!».

Carmine sorrise e sollevò il bicchiere per onorare il brindisi.

Ivano invece fece un'espressione stranita. E restò con il bicchiere in mano senza toccare quello dei fratelli.

«Cher'è, ho detto qualcosa di sbagliato?» chiese Papele spiazzato da quell'espressione che non riusciva a decifrare.

«No no, tutt'a posto» rispose Carmine anticipando la risposta del fratello.

Perché Carmine aveva visto quell'immagine riapparire. E farsi sempre più nitida. Sempre più minacciosa.

La stanza nella penombra. Qualcuno a torso nudo che faceva flessioni. Quel lamento. La porta socchiusa. E lui che si avvicinava alla porta...

«Tutt'a posto» ripeté.

Quasi a voler allontanare quel passato che stava per riaffiorare.

«Alla salute di Ivano!» disse con la voce più decisa, sollevando il bicchiere.

Stavolta Ivano non si tirò indietro.

I bicchieri tintinnarono e ognuno svuotò il suo con un sorso.

La pioggia calò d'intensità.

Sembrò quasi volesse smettere.

«Sai che pensavo, Ivà» disse Carmine con il tono leggero, «che potessimo organizzare un'esposizione con le foto tue».

«Con le foto mie?».

«Eh! Ti farebbe piacere?».

«Ma quelle sono foto così, senza pretese».

«E tu le pretese ti devi imparare ad averle. A giugno ci sta una mostra all'Anfiteatro Flavio. Lo so perché il direttore è un amico».

«Ma la mostra all'Anfiteatro è roba di pittura, mica di foto».

«Pittura, foto, so' parenti, no? Mò parlo con il direttore e troviamo la maniera d'inserirti».

«Capace che diventi pure famoso, Ivà» fece Papele divertito.

La pioggia rallentò ancora.

Adesso si sentiva appena il ticchettio delle gocce sui vetri.

E guardando dalla vetrata si vedevano più nitide le luci del porto.

Ivano intanto si rigirava il bicchiere di limoncello tra le dita.

Papele si mise in bocca un altro cucchiaio di tiramisù.

Carmine cercava nella tasca i sigari, senza trovarli.

Di colpo ci fu il rumore secco di un tuono che squarciò il silenzio.

E un attimo dopo la pioggia tornò ad abbattersi.

«E questo è il diluvio universale» disse Papele. «Per tornare a casa ci dobbiamo accattare una barca uguale a quella di Mosè».

«Ma quale Mosè, era Noè» lo corresse Carmine.

«Noè, Mosè, ma chi se ne fotte, dammi un'altra fetta, Ivà».

Carmine e Ivano si fecero una risatella.

Poi Carmine, quasi a voler allontanare definitivamente quell'ombra che aveva intravisto, disse:

«Comunque, se per quel fatto di accasarti vuoi una mano, un consiglio...».

«E cioè?».

«Conosco un paio di ragazze sistemate. I genitori sono gente rispettabile. Se vuoi chiedo a nostra sorella di prendere informazioni, che quella Restituta conosce i fatti di tutti».

Ivano rimase in silenzio.

Pensò che forse era arrivato il momento di essere più chiaro.

In fondo erano i suoi fratelli. Se uno non si può confidare neppure con i fratelli...

«Dopo te la scegli tu» aggiunse Carmine, «è normale».

Ivano ebbe un'ultima incertezza, poi si decise.

«No Carmine, ti ringrazio ma non m'interessa».

«Vabbuò, non fa niente. L'ho detto così, solo per darti una mano» lo assecondò Carmine.

Senza insistere.

«Sì sì, ho capito» fece Ivano, «sono sicuro che sono due ragazze a posto, bellelle, scetate. Però a me non m'interessa...».

Si versò un poco di limoncello.

Fece girare il liquore nel bicchierino.

Per un secondo guardò il giallo del liquore sul fondo del vetro.

Poi disse:

«Non m'interessa perché a me le ragazze non mi piacciono».

E svuotò in un sorso il bicchiere di limoncello.

5

Carmine ebbe un fremito.

Per undici anni la sua mente aveva cancellato ogni frammento di quel ricordo, ogni particolare.

Ora di colpo tutto riaffiorava.

Era stato il giorno in cui il padre era morto.

Lui si era precipitato in casa, stravolto dal dolore, per dare la notizia a Ivano.

La stanza del fratello era al buio. La porta socchiusa. E c'era quel lamento...

Davanti alla porta era restato un attimo incerto.

Poi l'aveva spinta lentamente.

Nel buio gli era parso che il fratello, a torso nudo, facesse come dei piegamenti. Ma poi aveva capito che non era Ivano, ma un altro uomo, nudo anche lui. Ivano invece era sul letto, in quella posizione sconcia. E l'altro, in piedi, che si muoveva avanti e indietro.

Si era tappato la bocca con la mano. E piano, cercando di non far rumore, era uscito accostando la porta.

Per qualche secondo ci fu solo il rumore furioso della pioggia che cadeva.

Poi Papele si voltò a guardare Carmine. E dopo tornò a voltarsi verso Ivano.

«Non ti piacciono in che senso?» chiese con il tono prudente.

«Non l'hai capito?».

«No...».

«So' ricchione, Papè!».

Per un tempo indefinito Papele restò disorientato. La bocca semiaperta. Gli occhi fissi sulla tovaglia. Un sopracciglio che tremava leggermente.

Poi, d'improvviso, cominciò a ridere. Non riusciva a controllarsi.

Rideva, come se quello che aveva sentito non potesse essere altro che uno scherzo.

Rideva.

E la sua risata montava, echeggiando sempre più alta, sempre più straripante.

Allora cominciò a ridere pure Carmine. Con la speranza, o forse solo l'illusione, che quella risata risolvesse ogni cosa.

E anche Ivano si mise a ridere. Dapprima incerto. Poi sempre più convinto. E risero.

Risero.

Risero.

Risero.

Fu il momento più felice della cena.

Quello in cui, tutti e tre, desiderarono la stessa identica cosa: continuare a ridere.

Per tutta la serata.

Per tutta la vita.

Ridere.

Per sempre.

Ma non era possibile.

Pian piano le risate si affievolirono.

Poi scemarono.

E tornò il silenzio.

L'imbarazzo.

Quella pioggia che cadeva.

E quegli sguardi di sospetto che giravano attorno alla tavola.

«Overo si' ricchione, Ivà?» chiese Papele serio.

«Sì».

Cancellando ogni dubbio. Ogni ambiguità. Ogni possibile via d'uscita.

«E lo dici così?».

«E come lo devo dire?».

Papele picchiò il pugno sulla tavola.

«Io lo sapevo che ci stava qualcosa di strano, me lo sentivo».

«E che ti sentivi?».

«Che eri malato, anormale».

Ivano fece un sorriso, triste. E al tempo stesso divertito, come di scherno.

«Anormale, addirittura?».

«E perché, è normale che non ti piacciono le femmine?».

«È questione di gusti, Papè, non di essere normali o anormali».

«A me i ricchioni mi fanno schifo!».

«Ah, sì? Allora pur'io ti faccio schifo?».

Papele ebbe un attimo d'incertezza. Poi disse:

«E certo, pure tu!».

«E a te?» chiese Ivano a Carmine, «ti faccio schifo pure a te?».

«Che ci trase mò?».

«E tu non dici niente».

«Che devo dire?».

«Non lo so».

«E non lo so neppure io».

Papele intanto si pigliò un'altra fetta di tiramisù.

Disse allora Ivano:

«Ti faccio schifo, però il tiramisù mio te lo mangi!».

Papele restò con il boccone sospeso.

Poi, sforzandosi di essere coerente, allontanò il piatto da sé.

Il silenzio tornò a scendere.

Scavando distanze che un poco alla volta si andavano trasformando in abissi.

E in quegli abissi la pioggia cadeva. Inarrestabile. Colmandoli di acqua. E gli abissi diventavano fiumi. Che straripavano ovunque. E in uno di quei fiumi, un cavallo s'era trovato intrappolato.

Il cavallo, quella sera, doveva partecipare a una corsa di trotto clandestina. Ma il furgone che lo trasportava, a causa della pioggia, era rimasto coinvolto in un incidente sulla Domiziana. Il cavallo, spaventato, s'era dato alla fuga. E confuso dalle luci e dai clacson delle auto, aveva vagato per ore senza riuscire ad orientarsi. Infine s'era trovato davanti a quel canale che, ingrossato dalla pioggia, s'era trasformato in fiume. L'aveva provato ad attraversare. E uno zoccolo era rimasto impigliato nel cemento sgretolato dalla pioggia.

Ed ora il cavallo si dibatteva nell'acqua. Annaspava. Cercando di tenere la testa in alto.

«Ma lo sa qualcuno?» chiese Carmine.

«Che cosa?».

«Delle tue, diciamo così, preferenze».

«E a te solo questo t'interessa. Che non si viene a sapere in giro. Uno dei fratelli Corona è ricchione! È questo che ti fa paura, o no?».

«Mi occupo della famiglia, tutto qua».

«E già, tutto qua».

«Ma tu che cazzo vai trovando, Ivà» fece Papele, «lo storto sei tu, mica noi».

Ivano abbozzò un altro sorriso. Di amarezza, stavolta.

«E io lo sapevo che non mi potevo aspettare niente da voi. Lo sapevo, ma ho voluto fare lo stesso il tentativo. Perché mi siete fratelli, perché almeno con voi non volevo fingere. Con voi me la volevo levare questa maschera che mi metto tutti i giorni. Volevo essere me stesso. Mostrarmi a voi così come sono. Mostrarvi la mia vera anima. Sissignore, la mia anima. Sperando che mi arrivavate a capire».

Subito Papele rispose:

«La comprensione, l'anima, la maschera: è inutile che fai tante belle parole, Ivà. La verità vuoi sapere qual è? Che noi non ci possiamo più fidare di te».

«E perché? Perché so' ricchione?».

«Sissignore: perché si' ricchione. Sei anormale, sei strano, sei quello che vuoi tu. Però non sei come a noi. Sei come uno zingaro mò, sei diverso, sei falso. E noi non ci possiamo più fidare di te».

«Ma che stai accocchiando, Papè? Che ci trasono i gusti sessuali con la fiducia?».

«Tu ci hai tradito, Ivà, lo capisci?».

«Ma statti zitto, Papè! Qua se ci sta un traditore, uno falso, quello sei proprio tu! Che vai a puttane, e a Carmela chi lo sa che ci racconti».

«Che ci trase Carmela, mò?».

«Carmela ci trase e come. Lo sa quello che vai facendo? Gliel'hai detto mai?».

«Lascia stà a Carmela!».

«Piglia il cellulare, chiamala! Fai vedere quanto sei uomo tu!».

«Tu si' ricchione» urlò Papele, «non la devi manco nominare a Carmela. E ringrazia che mi sei frato...».

«Perché, se non ti ero frato che mi facevi?».

«Ivà...».

Lo disse cercando di trattenersi.

Ma Ivano prese a spingerlo per una spalla.

«Che mi facevi?».

«Ivà... Ivà...».

«Che mi facevi?» urlò Ivano continuando a spingerlo, «che mi facevi? Mi menavi dentro al cemento pure a me?».

Papele fece uno scatto, gli mise una mano alla gola.

«Oh, oh, oh» gridò Carmine buttandosi in mezzo, «ma che cazzo state combinando».

Papele mollò la presa.

Si riempì il bicchiere di limoncello e lo bevve in un sorso.

Da fuori veniva il rumore della pioggia.

Il fiume intanto s'ingrossava. Quel cavallo continuava a dibattersi, ma le forze si stavano esaurendo. All'inizio aveva tentato di guadagnare quella che lui credeva la riva, e che altro non era se non il marciapiede. Ma non ce l'aveva fatta. E ora si limitava a tenere la testa in alto. Ma sapeva che quell'agonia non sarebbe durata a lungo. Non vedeva l'ora di arrendersi. Di lasciarsi andare. E di farsi trascinare via dalla corrente.

A un tratto Papele portò la mano sulla tasca dei pantaloni.

«La vibrazione!» disse.
E mentre tirava fuori il cellulare, aggiunse:
«Se questa è un'altra volta Carmela...».
Controllò il display.
«È Don Pietro!».

«Eccoci qua, Don Pietro...».
...
«Ah, bene Don Pietro, bene, grazie».
....
«E quando li fate venire da voi?».
...
«Domani pomeriggio...».

Carmine fece segno con le mani che era troppo tardi.

«Prima non si può fare, Don Pietro?».
...
«Certo, avete ragione, quelli vanno a scuola la mattina e pare organizzato troppo apposta».

Lo disse guardando Carmine.
Carmine rimase impassibile, senza fare commenti.

...
«Ci mancherebbe, Don Pietro. Grazie assai».
...
«Ve lo saluto io, state senza pensiero».

Chiuse la telefonata. Disse:
«Ti manda i saluti».
Carmine fece di sì con la testa.
«La mattina era troppo compromettente, non si poteva».
«Sì sì, ho capito».
«Appena sa l'orario preciso, ci fa una telefonata».
«Va buono accussì. Poi domenica, dopo la messa, lo passiamo a ringraziare».
«E mò a questi tre che ci fate?» chiese Ivano.
«Non sono fatti dei tuoi» rispose Carmine.
«Ma a me non mi hanno fatto niente. Magari potete...».
«Ti ho detto che non sono fatti dei tuoi» tornò a ripetere Carmine, secco.
Ivano smise di insistere.
Ancora silenzio.
E ancora quella pioggia che scendeva, continua, ossessiva, opprimente.
Disse Papele:

«Cazzo e quanto piove. Non la finisce più».

Una folata di vento s'infilò nella canna fumaria del forno e sembrò il lamento di un animale. Da qualche parte una finestra sbatté con violenza. Subito dopo si sentì il rumore dei vetri infranti.

«Overamente ci volesse la barca di quello, come si chiama?» chiese Papele.

«Ma chi?» disse Carmine.

«Quello che portava gli animali».

«Noè».

«Eh, la barca di Noè. Ce l'accattiamo pure noi».

Nessuno rise.

La pioggia adesso cadeva a ondate. Con scrosci impetuosi a volte. Alternati a momenti in cui era solo un mormorio senza importanza.

«Allora? Che vuoi fare?» chiese Carmine a Ivano, con il tono paziente.

«In che senso?».

«Voglio dire: ti vuoi sposare o no?».

«Carminù, ma l'hai capito, sì?».

«Ho capito, sissignore. Però...».

Fece una pausa, cercando le parole adatte.

«... Però tu devi capire che a questo mondo ci stanno pure la forma e l'apparenza che tengono la loro importanza. Perciò tu, da una parte la potresti preservare quest'apparenza...».

«In che maniera?».

«Beh, ti potresti sposare, avere dei figli, mettere su famiglia. Questo da una parte. Dall'altra, invece, in segreto, senza che nessuno lo viene a sapere, ti soddisfi le preferenze tue».

Fece un'altra pausa. Per capire se ci stava uno spiraglio.

Ivano restò in silenzio.

Allora Carmine proseguì.

«Questo, in ogni caso, non lo devi vedere come un sacrificio o una rinuncia. Lo devi vedere come una necessità. Ci sta tanta brava gente che per necessità si sforza di fare cose che nun vulesse fà. E non sto parlando di gusti sessuali o cosarelle così...».

«E certo» lo interruppe Ivano, «i gusti sessuali so' cosarelle, so' fatti che non contano niente».

«Hai ragione, ho sbagliato. Anche quelle sono cose importanti, soprattutto nella tua condizione. Però io sto parlando proprio della vita stessa, dove a volte capita che si deve fare qualche compromesso, perché non ci sta un'alternativa vera».

«Non ci sta alternativa, o uno per comodità non è capace a essere onesto con se stesso?».

Papele non riuscì a trattenersi.

«Ivà, tu fai troppe chiacchiere, tengo le palle abbuffate. Ti vuoi sposare o no?».

Ivano fece una risatella beffarda ma non rispose.

Carmine, invece, senza perdersi d'animo, ricominciò con il tono paziente.

«Scusa se insisto, Ivà, però potresti fare almeno un tentativo. Perché a volte, non sempre la cosa giusta da fare è quella che uno è convinto di voler fare. Magari la cosa giusta è un'altra. Magari con una brava ragazza ti trovi bene, t'affezioni».

«Magari a forza di provare» s'intromise Papele facendo con la mano il gesto volgare dell'atto sessuale, «ci provi pure gusto».

«Papè, pe' cortesia» lo riprese Carmine.

Poi tornò a rivolgersi a Ivano, sempre con quel tono tranquillo, quasi paterno.

«Volevo spiegarti che anch'io, nella vita, mi sono dovuto adeguare alle circostanze. Tu forse non lo sai, ma Rosaria, tanto per dire, non l'ho scelta io. Ci siamo dovuti sposare perché così avevano deciso nostro padre e il padre di lei. Un matrimonio necessario a interrompere una rivalità tra famiglie che durava da troppo tempo. Però ci siamo rispettati, e con gli anni abbiamo imparato ad andare d'accordo, a volerci bene. E poi vengono i figli. E i figli so' 'na bella soddisfazione, Ivà».

«Sì... sì, ho capito quello che mi vuoi dire. Ma vedi Carminù, per me non si tratta di uno sfizio o di un'alzata di testa. Non mi sono scetato stamattina e bell'e buono ho deciso di essere quello che sono. È un fatto lungo, questo, che dura da parecchio. E io ho vissuto troppo tempo ficcando la testa sotto la sabbia. Mò basta, mi sento soffocare, e non voglio soffocare più».

«E vabbuò» esplose Papele, «vai a fare il ricchione allora. Vai a fare tutti i bucchini che vuò fà. Basta che non ci rompi il cazzo a noi».

Squillò un cellulare.

Stavolta era quello di Carmine.

Carmine guardò il display.

«È Rosaria...».

«Ch'è stato Rosà...?».

...

Gettò un'occhiata all'orologio.

«Tieni ragione, è tardi. È che qua ci siamo messi a chiacchierare e non ci siamo accorti del tempo che passava...».

...

«No, nessun problema. Mezz'ora ancora e sto a casa».

...

«E passamelo, sì, ci do la buonanotte».

...

«Nicola, a papà, tutt'a posto?».

...

«No, e come ti viene. Papà sta bene, non ti preoccupare. Un altro poco e torno a casa».

...

«Buonanotte, Nicò».

Chiuse il telefono.

Poi guardò Ivano, sorrise.

«I figli. Vedi!».

Gli fece una pacca affettuosa sulla coscia.

«Allora? Che dici? Ci vogliamo provare?».

«No, Carmine, ti ringrazio».

«Sei convinto?».

«Sì».

«Non tieni dubbi, ripensamenti, niente?».

«Nossignore, ho deciso».

Carmine capì che insistere non serviva a niente.
«E vabbuò, come vuoi tu».
Si alzò.
Prese la giacca. In silenzio.
Pure Papele si alzò e afferrò il giubbino.
Ivano li guardò avviarsi verso la porta.
A vedere i fratelli che andavano via in quella maniera, senza una parola di chiarimento, gli s'inumidirono gli occhi. Avrebbe voluto dire che tutte quelle discussioni non c'entravano niente con i sentimenti. Che in quella sua decisione non c'era niente di personale.
Però le parole non uscivano.
E il distacco avveniva.
Niente più cene.
Niente più risate.
Niente.
Ma proprio nel momento in cui stavano per aprire la porta. E Papele aveva già posato la mano sulla maniglia. E la maniglia si abbassava. Carmine si voltò verso il fratello.
«E hai già deciso dove andare?».
Ivano fece di no con la testa.
E quel no ripetuto tre volte, era l'identico ge-

sto che faceva da bambino. Quando era rattristato. Ferito da una punizione che riteneva ingiusta. O da una risposta sgarbata della madre. In quei momenti sentiva un peso che gli toglieva il respiro. Le lacrime volevano uscire, ma lui le ricacciava dentro. E voleva parlare, sfogarsi, liberarsi in qualche maniera. E quasi sempre era con Carmine che riusciva a farlo. Perché Carmine non lo giudicava ed aveva il potere di calmarlo.

Ivano fece di no con la testa e Carmine capì.

Indugiò sulla porta.

Disse:

«Poi se ti serve qualcosa... qualunque cosa... basta una telefonata, lo sai...».

Il tono era sincero. Non c'era più l'intenzione di convincerlo a fare qualcosa che non voleva. Era solo il fratello che veniva in soccorso del fratello.

«Grazie, Carminù».

«E ti voglio pure dire...».

S'interruppe un attimo, cercò di guardarlo negli occhi. Ma il pudore gli fece sviare lo sguardo.

«... ti voglio pure dire che io la scelta tua la rispetto, non voglio entrare nel merito, è un fatto tuo privato. Però magari, più avanti, quando ti sarai sistemato, se mi vorrai far sapere dove ti sei stabilito... io mi piglio un treno e ti vengo a trovare».

Fece una pausa.

Poi aggiunse:

«Mi farebbe assai piacere».

«E mi farebbe piacere pure a me, Carminù» rispose subito Ivano, «mi farebbe tanto piacere».

Carmine sorrise, fece di sì con la testa.

Aggiunse:

«E sono sicuro che pure Papele se lo piglierebbe volentieri il treno. È vero Papè?».

«E come, non me lo piglio il treno» rispose Papele.

Anche lui sollevato.

I tre fratelli si abbracciarono.

Si scambiarono un bacio.

Una promessa.

Si abbracciarono un'altra volta.

E un'altra volta si baciarono.

Poi Papele aiutò Carmine a infilarsi la giacca.

E sarebbe potuta finire lì quella serata.

Con i saluti.

Gli abbracci.

Le promesse.

I baci.

Invece non andò così.

Perché in quell'attimo, l'attimo in cui Carmine s'infilava la giacca, e la pioggia continuava a scendere, senza più rabbia o foga, ma comunque scendeva, in quell'attimo, dunque, un pensiero improvviso cominciò a formarsi nella testa di Ivano.

E se invece di andarsene, partire...

Prese qualche piatto sporco dalla tavola. Lo portò verso il lavello.

Se invece di quella che sembrava quasi una fuga, una vergogna da nascondere, se invece...

Non era un pensiero, era una rivelazione. Come se di colpo ogni cosa, che per anni era stata opaca e confusa, coperta da un velo, stesse adesso mostrandosi in tutta la sua nudità.

Se invece...

Sistemò i piatti nel lavello. Aprì l'acqua.

Loro erano lì, davanti alla porta.

Pronti ad andarsene.

Ci pensò ancora un secondo.

E il secondo dopo disse:

«Forse non ci sta bisogno che vi pigliate il treno».

«E perché» fece Carmine scherzoso, «te lo vuoi pigliare tu?».

Ivano versò il detersivo.
Smosse un poco l'acqua con la mano.
Intanto cercava le parole.
Dovevano essere precise.
Semplici.
Precise soprattutto.
Disse:
«Papele teneva ragione...».
«Io? E a proposito di che?».
Ivano chiuse il rubinetto.
Si asciugò le mani.
Guardò i fratelli.
La porta era già socchiusa.
«Sul fatto che andarsene da questa terra è un'infamità. E io sono l'infame che se ne scappa perché tiene paura».
«E vabbuò» fece Papele generoso, «lascia stare, non è colpa tua».
E aprì la porta del tutto.
Convinto che non ci fosse altro da aggiungere.
«No no» continuò a insistere Ivano, «dobbiamo dire le cose come stanno. Perché è vero che io me ne voglio andare per questa paura che tengo. Però non è la paura che pensi tu, la paura che mi scippano la macchina fotografica, o mi piglio due paccheri dentro a un vi-

colo. No, non è questa la paura. La paura vera mia è un'altra...».

«E quale sarebbe 'sta paura?» chiese Papele.

Che ancora stava davanti alla porta aperta, pronto ad uscire.

«Sarebbe che per quasi vent'anni non ho tenuto il coraggio di cacciare fuori quello che sentivo. Quella che era la vera natura mia».

«E vabbuò, mò l'hai trovato il coraggio. Siamo tutti contenti. Ce ne possiamo andare a dormire, sì?».

«Papè, non hai capito. Quello che mi è mancato sempre, è il coraggio di mostrarla qua la mia vera natura. Qua! Nel paese dove sono nato e dove vivo, tra le persone che conosco e mi conoscono. Non ho tenuto il coraggio perché temevo quello che potevano dire o pensare. Questa è stata la vera paura mia».

«E vabbuò» disse Papele che stava perdendo il filo, «e a noi che ce ne fotte di tutte queste belle parole, Ivà? Che vai trovando, mò?».

Ivano guardò Papele, e subito dopo guardò Carmine.

Accennò a un sorriso.

Poi disse:

«Non parto più».

6

Papele scambiò un'occhiata con Carmine, dopo tornò a guardare Ivano.

«Non parti più?».

«No».

«E ti sposi?».

«No».

«No?».

«No!».

«Non ti sposi?».

«No».

«Ma fammi capire: tu il ricchione lo volessi fare qua, al paese nostro?».

«Sissignore, non voglio scappare più».

«Questo è scemo, non ci sta con la testa».

Richiuse la porta e si avvicinò a Ivano.

Si avvicinò fin quasi a toccargli la fronte con la sua.

Gli puntò lo sguardo addosso. E poi con la

voce bassa, appena impastata dal vino, stringendo un poco gli occhi:

«Tu qua il ricchione non lo puoi fare, Ivà».

«Ah no?» rispose Ivano.

Che la conosceva bene quella pantomima del fratello, e certo non si lasciava impressionare.

«No. Se lo vuoi fare te ne devi andare da qua. Vattene a Roma, a Milano, 'o Banglacazzo, vattenne arò vuò tu, ma qua non lo puoi fare. Hai capito?».

«Ma perché, a chi do fastidio?».

«Marò, questo non vuole capire» disse Papele, «ma ci fai o ci sei?» esclamò ammollandogli uno schiaffetto controllato.

Intanto Carmine valutava le parole di Ivano.

Quella decisione che il fratello aveva preso.

Le conseguenze.

I problemi.

Erano problemi che bisognava evitare. Ad ogni costo.

E questo era compito suo, lo sapeva bene.

Però ancora non capiva come.

Per il momento si limitava a guardare Ivano.

E guardandolo cercava appunto la maniera... le parole...

«Ivà» disse Papele, «guarda che non stiamo pazziando, non fare lo scemo. La devi finire! Basta mò!».

«Se no che fai?».

Papele di colpo lo afferrò per la felpa sbattendolo contro al muro.

«Vuò verè che faccio?».

Lo disse sorridendo, quasi scherzoso. Ma gli occhi nel frattempo si arrossavano di sangue.

Quel sangue antico.

Mai dimenticato.

Mai del tutto sepolto. E sempre pronto ad affiorare. Come quei batteri acquattati negli armadi, tra le lenzuola, o in una vecchia valigia dimenticata, che paiono addormentati per sempre, e invece, all'improvviso, tornano a infettare.

Fece pure finta di colpirlo. Per gioco, certo. Ma era come se da un momento all'altro quel gioco potesse diventare qualcosa di diverso.

Trasformarsi.

In cosa?

Era difficile da immaginare.

Papele si sarebbe lanciato nel fuoco senza tentennamenti per salvare il fratello più piccolo.

Eppure...

«Basta, Papè, mò ci parlo io con Ivano».

Papele si sentì sollevato nel sentire che Carmine interveniva.

Perché la verità era che lui non sapeva come comportarsi con Ivano. Non l'aveva mai capito fino in fondo il fratello e non riusciva a decifrarne l'animo. Quella debolezza apparente che però non si poteva definire vigliaccheria. Quei pensieri sempre troppo complicati, troppo pieni di domande.

Non lo capiva.

Così come ora non capiva quell'insistenza. Quella testardaggine.

Con una risatella nervosa sistemò la felpa che gli aveva sgualcito. Poi si andò a bere un altro bicchiere di limoncello.

Adesso toccava a Carmine.

Meglio così.

E Carmine venne avanti.

Si levò la giacca, si avvicinò a Ivano, lo prese sottobraccio.

Parlava con il tono tranquillo, suadente.

Gli avrebbe fatto capire. Non sarebbe stato difficile. Era bravo a convincere gli altri, lui. Lo era sempre stato.

«Tu forse non ti rendi bene conto, Ivà. Hai

vissuto sui libri, hai studiato, non puoi sapere bene le cose pratiche come funzionano».

«No, no, io...».

«Aspetta! Fammi parlare, fammi spiegare pure a me. Noi siamo una famiglia rispettata, questo lo sai. E se tu prendi uno qualunque, in mezzo alla strada, e gli dici che appartieni alla famiglia Corona, hai detto tutto, non serve altro. Ci rispettano, Ivà. E il rispetto che adesso ci portano, ce lo siamo conquistato negli anni. Prima con la forza, quando tu studiavi. E poi con il cemento, quando abbiamo deciso che era arrivato il momento di cambiare. Con il cemento, con i cantieri, con il lavoro che davamo e che diamo».

«E questo lo so. E allora? Qual è il problema?».

Davvero Ivano non capiva qual era il problema? Oppure lo capiva e deliberatamente sfidava i fratelli? Ma per quale motivo sfidare i fratelli, ai quali voleva bene, come gliene volevano loro, e con cui non aveva mai avuto risentimenti? O forse quella sfida non era nei confronti dei fratelli, forse si trattava di una sfida che riguardava solo se stesso e le sue paure...

«Il problema, come lo chiami tu, sono le regole».

«Le regole?».

«Le regole, sissignore, perché il rispetto si fonda su regole precise. E la prima di queste regole è l'onore della famiglia».

«Ah, l'onore... me l'ero scordato l'onore».

Carmine finse di non cogliere il tono beffardo del fratello.

In un'altra occasione non gli avrebbe permesso quell'ironia riguardo all'onore. Ma in quel momento c'erano in gioco cose più importanti. In quel momento la cosa fondamentale era far capire a Ivano la necessità di adeguarsi a determinate regole, evitando ulteriori fraintendimenti.

«Sissignore» proseguì, «l'onore. Perché qua stiamo in un paese, non te lo scordare. Un paese grande, d'accordo, ma sempre di un paese si tratta. E nel paese l'onore è tutto. Perché se si perde l'onore, la conseguenza è che viene meno anche il rispetto. E se il rispetto viene a mancare, allora quella paura che sempre hanno avuto di noi, comincia a fare meno paura. E così, un poco alla volta, si sgretola tutto, come un palazzo con troppa sabbia e poco cemento».

«Insomma» sintetizzò Ivano, «ricchioni in famiglia non ce ne debbono stare».

«Diciamo che se non ci stanno è meglio» rispose Carmine serio, senza dar peso alla battuta del fratello. «E ti spiego anche il perché, se vuoi...».

A Ivano sfuggì un sorriso, ma non disse niente per lasciargli la possibilità di esprimere le sue ragioni.

«L'idea che a un uomo possano non piacere le femmine, è ritenuta una stranezza dalle nostre parti. E la stranezza è una minaccia. Bada bene, non sono i tuoi gusti sessuali a spaventare. Ma il fatto che tu non la pensi come gli altri. Per questo la gente comincerebbe a guardarti con l'occhio sospetto. Saresti il diverso. E chi lo può mai sapere 'sta diversità a che può portare. Così ragiona la gente dalle nostre parti, e non solo dalle nostre parti. Perciò io ti dico: in segreto fai quello che vuoi, nessuno te lo vuole impedire questo. Però in pubblico, davanti agli altri, questa tua diversità non la manifestare troppo. Perché facendo così, esponi il buon nome della famiglia. L'onore. Hai capito, sì, che voglio dire?».

«Sì sì, ho capito».

«Bene... E come la vedi?».

«È tutto giusto, sono d'accordo con te».

«Allora stiamo a posto».

Gli strinse forte la spalla convinto di aver risolto la questione.

Era stato un bel discorso. Semplice. Efficace. Come quei discorsi antichi che si leggeva.

Era soddisfatto.

Fece per prendere la giacca.

«Però...» disse Ivano.

Quel *però* lo irritò.

Lo deluse.

E al tempo stesso gli procurò una leggera fitta alla tempia sinistra.

Questo gli fece venire voglia di alzare la voce.

Di trattarlo come...

Ma era suo fratello. Non poteva.

Doveva controllarsi.

Si massaggiò la tempia con la mano.

«Però che...?».

«Però il fatto è proprio questo: che io, la mia diversità, la voglio manifestare. La gente, per quanto mi riguarda, può pensare quello che vuole, non m'importa. Io non mi voglio più nascondere».

Papele non ce la fece più a trattenersi.

«Te l'ho detto che questo è scemo. Carminù, teniamo un fratello scemo, è inutile che ci parli, è scemo».

«E vabbuò, sono scemo, Papè, sono scemo però lo stesso non mi voglio più nascondere. È una questione di principio, una questione di onestà con me stesso».

«'O principio, l'onestà!» esplose Papele esasperato.

Afferrò un coltello.

«Mò ti taglio il pesce così la finiamo questa storia».

Lo acchiappò per il collo.

«Ti taglio il pesce, ricchiò!».

Però non si trattava di una vera minaccia.

Lo voleva spaventare. Solo quello.

Come giù al deposito, dove tutti rimanevano atterriti davanti a lui.

Si spaventava e la finiva con quella storia del principio e dell'onestà.

«Ti taglio il pesce, ricchiò!» gridò ancora.

Lo immobilizzò contro al muro. Muovendo il coltello nell'aria. Con un sorriso che pareva il ringhio di una belva.

Ivano però, invece di subire senza reagire, come Papele sperava, e come in fondo anche Carmine sperava, si liberò dalla presa del fratello e cominciò a menare colpi alla rinfusa. Che per quanto alla rinfusa arrivavano a destinazione. Tanto che Papele, incattivito da quella ribellione, tornò ad afferrarlo per sbatacchiarlo contro al muro con ancor più decisione.

Così dovette intervenire un'altra volta il fratello maggiore.

«E basta, finitela mò».

Papele mollò Ivano. Gettò il coltello sul tavolo. Afferrò un'arancia dal cesto sulla credenza, la strinse con la mano, la strinse con tale forza che l'arancia si spaccò, quasi si sgretolò, facendo schizzare il succo da ogni parte.

Papele buttò l'arancia nel lavandino. Ne prese un'altra e si mise a sedere controllando la sua insofferenza.

Carmine fece un sospiro.

Si passò le mani sul viso.

E con le mani sul viso restò qualche secondo a riflettere.

Come un prete davanti alla disgrazia che si palesa inaspettata e inarrestabile.

Come quella pioggia.

Che non smetteva di cadere.

Papele sbucciava l'arancia con le mani.

Ivano guardava una foto appesa alla parete.

Era la foto di un mercantile che spariva uscendo dalla foto stessa.

Per andare dove?

Per un attimo immaginò mondi lontani, sconosciuti, un mare sconfinato che il mercantile attraversava.

Si vide in piedi, a prua di quella nave, mentre scrutava l'orizzonte e il vento gli accarezzava il viso.

Il mercantile.

Il mare.

L'orizzonte.

Poi tornò al presente.

Alla battaglia che lo attendeva. La battaglia contro i fratelli o contro se stesso?

Dal canto suo anche Carmine si preparava alla battaglia.

Fece qualche passo per la stanza. Poi andò verso il divano. Prese la giacca.

Tirò fuori un sigaro.

«Posso?».

«Fuma, fuma, non ci sta problema».

Carmine annusò il sigaro, sfilò l'anello dorato che lo cingeva. Lo annusò di nuovo. Poi, con i denti, diede un morso secco a una delle estremità, staccandone la punta, che sputò nel vecchio forno per il pane. E dopo fece scivolare la testa intatta del sigaro sulla lingua.

Una due tre volte.

Intanto pensava.

Cercava le parole.

La piega dove insinuarsi.

Ivano, da parte sua, continuava con ostinazione a guardare il mercantile. Sempre dando le spalle a Carmine. E al suo sigaro.

Non voleva mostrargli l'agitazione.

Non voleva dargli vantaggi.

Carmine tirò fuori l'accendino, accese il sigaro, tenendo la fiamma sotto la punta.

In un attimo la punta divenne rossa e fiammeggiante.

Allora Carmine aspirò una boccata e gettò fuori il fumo.

«È cubano» disse, «un vero sigaro originale cubano».

Aspirò ancora.

Ancora gettò fuori il fumo.

E ancora cercò le parole.

La pioggia scendeva regolare. Sembrava infine aver trovato un suo ritmo. Una sua ragione. Una strada dove incanalarsi.

«La questione dell'onestà con te stesso è un fatto importante, io lo capisco questo, Ivà...».

Fece una pausa.

Un'altra boccata.

«... Però tu devi considerare pure quello che ci sta nell'altro piatto della bilancia. Nell'altro piatto ci stiamo io e Papele, la mamma, Restituta, le nostre famiglie, i nostri figli. E ci stai pure tu, Ivà, non ti credere. E mò, immagina che di colpo si viene a sapere che uno dei fratelli Corona è... è ricchione. Lo sai che succede?».

Ivano nel frattempo si era voltato verso il fratello. Ora lo guardava.

Seguiva le sue parole, attento. Ma le labbra erano piegate in un sorriso. O meglio in una smorfia, appena accennata, che aveva qualcosa di beffardo.

«Succede che quelli ci ridono appresso, Ivà. Hai capito bene quello che ho detto? Che ci ridono appresso. Appresso, non in faccia. È questo il problema. Perché se ci ridono in faccia è facile da sistemare la questione. Ci pensa Papele, oppure uno degli amici nostri. Invece, quando ci ridono appresso, a tradimento, dopo che noi siamo già passati, e noi non li vediamo a quelli che ridono, e manco li sentiamo, allora è un problema. Perché a forza di ridere... la paura non ci sta più e il rispetto finisce».

Fece una pausa.

Poi riprese.

«Io personalmente non tengo niente contro ai ricchioni, agli omosessuali o come si chiamano. Li voglio pure rispettare. E noi, io, Papele, ti vogliamo rispettare perché sei uno di noi, sei sangue del sangue nostro, ma pure tu devi rispettare a noi...».

«Ma io...».

«Aspetta! Non ho finito».

Aspirò un'altra boccata, lunga.

Poi soffiò fuori il fumo. E il fumo si allargò per la stanza. Come un pensiero impalpabile, che si cerca invano di afferrare.

«C'è un'altra cosa che devi considerare. Io mò entro in politica, te l'ho detto. E se mi sono deciso a questo passo, non è per vanità mia o per altro. È sempre per il bene della famiglia. La gente si fida di me, è pronta a votarmi. Ma se si viene a sapere di questa tua... chiamiamola così diversità, ti sei chiesto che cosa penserà allora la gente? Si fiderà sempre di Carmine Corona? Oppure magari dirà:

"Quello tiene un fratello ricchione, il voto mio lo do a qualcun altro". E anche il partito che mi sta per candidare, tutte queste stranezze, questi gusti particolari... Sono problemi, Ivà, problemi. E io... noi... li volessimo evitare tutti questi problemi. Ecco, non so se mi sono riuscito a spiegare».

«Ti sei spiegato benissimo, Carminù, pari già un politico...».

Stavolta fu Ivano a fare una pausa. Cercando a sua volta le parole che non trovava ancora.

Carmine invece cercava l'accendino, perché nel frattempo il sigaro si era spento.

E Papele, dal canto suo, quasi senza ascoltarli, stava mangiando la seconda arancia. A bocconi grossi. Con il succo che gli schizzava sopra la maglietta e sulla tovaglia.

«Pari già un politico» riprese Ivano.

Si tolse gli occhiali, li pulì con la maglietta, tornò ad inforcarli.

«Pari già un politico però ti sei scordato di considerare una cosa, Carminù. Non hai considerato tutto il tempo che io ho passato a fare finta di essere un'altra persona...».

Carmine nel frattempo aveva trovato l'accendino e adesso si stava accendendo il sigaro.

Con una smorfia contrariata.

Perché aveva già capito.

Per un attimo tentò d'immaginare il possibile seguito di quella serata. E il seguito che gli venne in mente lo contrariò a tal punto da strappargli un sospiro.

Scosse appena la testa.

Aspirò una boccata.

E quando buttò fuori il fumo, con la coda dell'occhio guardò Papele. Che già fremeva sulla sedia. Infilandosi in bocca pezzi di arancia sempre più grossi. Ingoiandoli senza quasi masticarli.

«Il tempo, Carminù» continuò Ivano, «che è fatto di giorni, di mesi, di anni, il tempo in cui sono rimasto nascosto dentro al buio. Con i sensi di colpa. E il dubbio di essere davvero anormale, come dice Papele. Mò basta, però, di tempo ne è passato troppo e io non ce la faccio più. Mò che finalmente ho capito dove ho sbagliato, mò che finalmente ho trovato il coraggio per uscire fuori da quel buio dove mi ero nascosto, mò non posso tornare a nascondermi un'altra volta all'ombra della mia paura. Non posso. Capisci pure a me, Carminù. Non posso».

Prese la bottiglia di limoncello. Si voleva riempire il bicchiere, ma la bottiglia era vuota.

«È finito pure il limoncello. Mò piglio un'altra bottiglia».

Andò verso il frigo.

La pioggia adesso era un mormorio soffuso, quasi una nenia. Ma in quella litania infinita già s'intuiva una minaccia silenziosa, un'ombra scura che si muoveva.

«E così non puoi...» disse Papele ingoiando l'ultimo spicchio dell'arancia.

«No Papè, proprio non è possibile» ribadì Ivano.

Aprì il frigo. Prese il limoncello. Richiuse il frigo.

Papele lanciò uno sguardo a Carmine.

Era uno sguardo appena accennato.

Neanche uno sguardo. Era un'occhiata.

Complice. Fredda. Determinata.

Un'occhiata che aspettava una risposta.

Carmine non rispose subito.

Fece quasi finta di non notarla, quell'occhiata.

Non voleva rispondere.

Non avrebbe voluto.

Ma il tempo correva in fretta.

E la pioggia scendeva.

Inesorabile.
Così mosse appena la testa.
Non si può dire neppure che fosse un sì. Era solo un cenno. Ma quel cenno a Papele bastava.
Ivano tornò con la bottiglia.
L'aprì.
Si versò il limoncello.
Papele intanto si alzò, si sfilò la catena d'oro dal collo e se la infilò in tasca, poi si avvicinò al divano.
Sfiorò la sciarpa di Ivano.
Che nel frattempo chiese:
«Chi ne vuole un altro poco?».
Papele rispose:
«Io sto a posto così».
Carmine non disse niente. Fece solo di no con la mano e aspirò un'altra boccata.
Ci fu un tuono che parve non dover mai finire.
Durò sette, otto, dieci secondi.
Ivano lasciò sfumare l'eco del tuono.
Poi prese il bicchiere e fece per bere.
Fu allora che Papele, in un attimo, afferrò la sciarpa e andò verso di lui. E sempre in quell'attimo che era simile a un lampo, gli andò al-

le spalle. Gli passò la sciarpa intorno al collo. E cominciò a stringere.

A Ivano sfuggì il bicchiere di mano.

Era sorpreso.

Non capiva.

Intanto annaspava, cercando la maniera di liberarsi.

Papele però non lo mollava. E lo strattonava, da una parte e dall'altra.

Con la faccia feroce della bestia.

Ma era solo una messa in scena per spaventarlo.

Come quando c'era qualcuno da convincere giù al deposito, e lui stringeva attorno al collo della vittima una corda, un filo elettrico, o un cavo d'acciaio. Oppure gli ficcava la testa nel lavandino pieno d'acqua fino a fargli mancare il fiato.

«Ivà, fratello mio...» disse Papele.

Con la voce calma e fredda che ricordava il ghiaccio, quel ghiaccio che galleggiava nell'oceano mentre il Titanic gli correva incontro.

«Tu ci hai messo in una situazione imbarazzante, non so se ti rendi conto. Noi ti vogliamo bene, lo sai. Anche se ogni tanto ci pigliamo una questione, ma sono sempre state cose da niente, sono sempre state scemità».

Ivano respirava a fatica. E con le mani si attaccava alla sciarpa nel tentativo di liberarsi dalla presa.

Papele strinse un altro poco. Non gli voleva dare tregua. Non gli voleva dare il tempo di organizzare una difesa. La paura, solo quella doveva esistere.

«Questa però non è una scemità, Ivà, questa è una cosa seria. Carminuccio nostro te l'ha spiegato in tutte le maniere, ma tu non vuoi capire. Solo noi dobbiamo capire a te. E così non va bene, Ivà, non va proprio bene. Perciò senti a me: mò ci assettiamo e torniamo a parlare. Parliamo un'altra volta dall'inizio. Parliamo fino a domani. Parliamo fino a quando non capisci».

7

Lo liberò dalla sciarpa.

Ivano respirava a bocca aperta. Facendo certi rumori strani con la gola. Come i cani d'estate quando annaspano per la sete, con la lingua di fuori.

Si lasciò cadere sulla sedia. Senza riuscire a dire una parola. Avvolto da una stanchezza improvvisa. Da una rabbia sottile che gli impediva di ragionare.

Carmine intanto spense il sigaro. Lo lasciò nel posacenere. Poi si avvicinò a Ivano. Si mise a sedere di fronte a lui.

Ora sarebbe stato più semplice dissuaderlo?

E se non avesse cambiato idea?

«Tu mi devi perdonare, Ivà, forse come politico non sono ancora pronto. Il politico deve parlare, convincere, si deve far capire. Ma tu non mi capisci. E allora la colpa dev'essere la mia, che non sono riuscito a spiegarmi bene».

Gli poggiò entrambe le mani sulle braccia, appena sopra il gomito.

Lo voleva tranquillizzare.

Avrebbe voluto dire: basta, finiamola, lasciamo stare per stasera.

Invece disse:

«Mò ci provo un'altra volta, Ivà. Però questa volta te lo dico più semplice, così finalmente può essere che ci capiamo».

E disse.

Senza tanti giri di parole.

Disse che il fatto di manifestare in maniera così plateale i propri gusti sessuali era una cosa sbagliata. Tornò a ripetere che la diversità era una cosa che non si può sbandierare a destra e a sinistra. Perché la diversità porta il sospetto. Sospetto nei confronti di Ivano, prima di tutto. Ma poi anche degli altri: Papele, Carmine, la sorella, i figli, la madre, tutti.

«La diversità genera il sospetto», e anche questo lo aveva già detto. «E il sospetto è come il colera, si trasmette da uno all'altro. E crea problemi. Problemi con gli amici nostri che ci proteggono, problemi per la mia elezione al Comune, problemi con il lavoro, con la famiglia. Problemi, troppi problemi...».

Gli strinse appena le braccia. Con affetto.
Era stanco.
Voleva finirla.
Tornarsene a casa.
Dormire.
Solamente dormire.
«In poche parole: non lo puoi dire che sei ricchione. Se lo vuoi dire, te ne devi andare da qua. Sono stato chiaro questa volta?».
Ivano fece subito segno di sì. E Carmine attribuì l'arrendevolezza del fratello al discorso semplice ed efficace che aveva appena fatto.
«E meno male, jà» esclamò Papele soddisfatto, «l'importante è che alla fine ci siamo capiti».
Era stanco pure lui.
Aveva la testa pesante per il troppo vino bevuto. E per il limoncello.
Si alzò per prendere il giubbino.
Carmine però gli fece cenno di aspettare. Non aveva finito.
Voleva fare le cose per bene.
Tornò a rivolgersi a Ivano.
«C'è ancora la questione economica che bisogna chiarire. Se decidi che te ne vuoi anda-

re, da parte nostra puoi stare senza pensieri, ti daremo quello che ti spetta. Hai lavorato, è giusto che i soldi te li prendi pure tu. Se invece decidi di rimanere... le condizioni le sai. Domande?».

Ivano fece segno di no.

Carmine gli ammollò un buffetto d'intesa. Era soddisfatto di aver risolto la questione. Avrebbe fumato volentieri un altro sigaro ma rinviò quel piacere a più tardi, quando sarebbe rientrato a casa.

Si alzò.

Andò a prendersi la giacca.

Subito dopo si alzò pure Ivano. Che col fiato ancora corto si avvicinò alla finestra.

Papele si versò l'ultimo bicchiere di limoncello.

Ivano aprì la finestra.

Il rumore della pioggia tornò ad entrare, prepotente.

Una cascata d'acqua che cadeva. Ininterrotta. Con un rumore sordo e continuo, simile a quello che fanno i pensieri di notte, quando non si riesce a dormire.

Papele portò il bicchiere di limoncello alle labbra.

Nello stesso istante Ivano sporse la testa fuori, nella pioggia. E con tutta la voce che gli restava, si mise a gridare:

«Uno dei fratelli Corona è ricchione! Uno dei fratelli Corona è ricchione! Uno dei fratelli Corona è ricchione!».

Papele gettò il bicchiere sulla tavola. Si precipitò verso il fratello che non la smetteva di ripetere quella frase. Lo afferrò per un braccio tirandolo dentro. Chiuse la finestra. Poi lo trascinò al centro della stanza e lo costrinse a sedere.

«Allora nun si' scemo, si' pazzo tu! Ma non sei il primo, non ti credere. Ne abbiamo incontrati parecchi in questi anni: pazzi che non volevano pagare, pazzi che non rispettavano i patti, che non si volevano stare. Però noi lo sappiamo come si curano i pazzi».

Ivano lo guardò.

Sorrise.

E gli sputò in faccia.

Per una manciata di secondi Papele rimase immobile, senza sapere come reagire.

E Carmine, che stava già per infilarsi la giacca, lasciò ricadere il braccio, abbassò la testa e si passò una mano sui capelli chiudendo per un momento gli occhi.

Papele, con calma si pulì lo sputo con il dorso della mano. E dopo, senza fretta, ma col respiro che era diventato più veloce, disse:

«'O vuò sapè come li guariamo i pazzi, noi?».

Ivano scattò in piedi e provò a colpirlo, e con le unghie di una mano riuscì anche a ferirlo sulla guancia. Ma Papele, senza far caso alla ferita, che aveva cominciato a sanguinare, si spostò rapido dietro al fratello. Afferrò la sciarpa e in un attimo gliela mise attorno al collo. E cominciò di nuovo a stringere. E mentre stringeva prese a parlargli nell'orecchio. Con la voce deformata dal vino e dalla rabbia.

«I pazzi per prima cosa li portiamo giù al deposito, noi. E là li lasciamo chiusi da dentro, a pane e acqua. Ci possono stare tutto il tempo che serve là sotto, non teniamo fretta, noi. Ma se il tempo passa e non succede niente, e loro continuano a non cambiare idea, allora mandiamo Ricotta a tenergli compagnia. Quello Ricotta è comm'a te, ci piacciono l'uomini. Te lo ricordi a Ricotta, sì? Pesava centoventi chili. Mò si è fatto ancora più chiatto. Si è fatto quant' a 'na balena, Ivà, fa proprio schifo. Chissà, può essere pure che con lui ti passa la voglia di fare il ricchione. Che dici, Ivà, lo chiamiamo a Ricotta?».

Carmine, intanto, si era seduto sul bordo del divano, e guardava, senza quasi credere a quello che accadeva davanti ai suoi occhi.

Quella scena era del tutto simile a tante altre viste giù al deposito. Quando Papele tormentava i disgraziati che dovevano confessare. O quelli da eliminare, che dopo mille torture, alla fine pregavano per essere sparati. Ma loro non gli sparavano. E continuavano ad accanirsi. Feroci. Più feroci di com'era stato il padre. Prolungando l'agonia il più a lungo possibile. Perché solo in quella maniera il nome dei fratelli Corona avrebbe fatto paura.

I fratelli Corona.

Quelli che non perdonano.

Quelli che è meglio non avere contro.

Quanti ne avevano strangolati un poco alla volta. E quanti ne avevano appesi ai ganci, squartandoli ancora vivi. Con gli intestini divorati dai cani mentre respiravano ancora.

E il sangue!

Sangue da ogni parte. Sangue che per lavarlo ci volevano ore. E l'odore di quel sangue, un odore dolciastro che restava per giorni nell'aria e che non si riusciva a mandare via.

A Carmine tutto quel sangue non piaceva, ma capiva anche che di quel sangue avevano bisogno, che il sangue a quei tempi aveva una sua ragione.

Lo avrebbe evitato, ma era necessario, tutto qui.

Invece per Papele non era così. Papele ci provava gusto. Il sangue lo eccitava. E soprattutto lo eccitava sentire l'odore della paura nell'altro.

Ivano annaspava.

E nel frattempo tirava calci alla cieca, provando a colpire il fratello. E cercava d'infilare le dita tra la sciarpa e il collo per allentare la stretta.

Ma Papele non lo mollava.

E rideva sguaiato.

Pareva lui il pazzo, adesso.

«Com'è che fanno i ricchioni? Accussì?».

Tirò fuori la lingua, e come una bestia senza controllo, prese a muoverla freneticamente intorno all'orecchio di Ivano.

«Ricchiò!» gridò ancora.

E rise.

Di una risata immonda che allagò la stanza, come la pioggia allagava le strade infilandosi in ogni feritoia.

Ivano dette uno strappo. Provò un'altra volta a liberarsi. Ma Papele non aveva nessuna intenzione di mollarlo, e con il viso acceso dallo sforzo, e gli occhi dilatati della bestia, continuava a stringere.

Ivano non sarebbe mai sceso a compromessi. Questo Carmine l'aveva capito, ormai. E in qualche modo apprezzava la coerenza del fratello. Pur se quella coerenza gli pareva un tradimento.

Però, allora, come bisognava comportarsi?

Doveva convincere a tutti i costi il fratello?

Oppure era meglio lasciar perdere?

E imporre la scelta di Ivano a tutti.

L'avrebbero accettata?

O avrebbero visto in quel gesto un'imposizione senza motivo?

E quindi una debolezza.

Basta!

Questo avrebbe voluto dire Carmine in quel momento.

Basta!

E prendersi una pausa. Riflettere. Lasciar passare quella notte che si dibatteva nell'acqua e che inondava ogni cosa, perfino i pensieri.

Basta!

Questo avrebbe dovuto dire Carmine.

A un certo punto aveva perfino sollevato una mano per pronunciare quella parola.

Ma i dubbi gli legavano la lingua.

L'irritazione per una soluzione che non riusciva a trovare lo portava a temporeggiare.

E intanto Papele continuava a stringere.

«Devi ringraziare che sei fratello a noi, perché se no tutta questa pazienza non la tenevamo. Ti tagliavamo il pesce e basta, senza tante storie».

Rise di nuovo in quella maniera sguaiata.

E di nuovo Ivano ebbe un sussulto, cercando di sfuggire al fratello.

Papele strinse più deciso.

Senza smettere di parlare.

«Ma noi ti vogliamo bene, Ivà, non ti preoccupare, il pesce non te lo tagliamo. Però pure tu devi fare uno sforzo. Ci devi venire incontro. Se no come facciamo? Amma chiamà per forza a Ricotta!».

Rise.

E ridendo fece pure, ripetendolo tre volte, il gesto volgare di sodomizzarlo.

Ivano reagì con uno scatto. Allungò le mani dietro la testa. E afferrò i polsi di Papele, cercando di allentare la morsa.

«Basta» disse Carmine.

O forse aveva solo immaginato di dirlo. E dalla sua bocca non era uscito altro che un lamento flebile sommerso dalla pioggia.

Papele continuava a stringere.

E a parlare.

Non smetteva mai.

«Ma dove vuoi andare, Ivà? Arò vuò scappà? Tu devi stare qua, assieme a noi. Ti devi comportare bene. Devi fare la persona normale, hai capito, Ivà?».

Ivano provò a divincolarsi.

Le forze gli mancavano. Gli mancava l'aria.

E una stanchezza immane scendeva su di lui.

«E allora, Ivà, che vuò fà?» gridò ancora Papele.

Continuando a strattonarlo.

Ivano stavolta lo lasciò fare. Senza opporre resistenza.

Gli occhiali gli caddero a terra.

Un vetro si ruppe.
Di colpo si era rassegnato.
Quella stanchezza...
Non combatteva più.
Ma Papele non se n'era accorto e lo strattonava ancora.
«Che vuoi fare, ti sei deciso? O ci vuoi pensare un altro poco?».
Carmine, però, aveva notato qualcosa di strano in quell'abbandonarsi di Ivano, senza più lottare.
Scattò in piedi:
«E basta mò, Papè, lascialo andare».
Papele non capì subito.
Era ancora troppo preso da quell'eccitazione incontrollata.
«Togli la sciarpa, lascialo!» ripeté Carmine quasi gridando.
Finalmente Papele capì.
Liberò il collo del fratello dalla sciarpa.
«Che r'è, ti sei spaventato?» disse a Ivano col tono beffardo e un po' infantile. «T'aggio miso appaura, è vero?».
Ivano rimaneva in silenzio.
Non si muoveva.
«E quest'è niente» continuò Papele, «de-

vi vedere quando scendiamo nel deposito che ti combino. Te lo faccio fare io il ricchione!».

Poi lo scrollò un po' per la spalla.

E Ivano scivolò per terra.

Lentamente.

Come quei pugili colpiti al mento che si accartocciano su se stessi senza far rumore.

Papele lo vide cadere. E la sorpresa fu tale che non fece in tempo ad afferrarlo.

Ivano cadde sul pavimento con un tonfo.

Ora stava lì.

Immobile.

Ai piedi di Papele.

Mentre Carmine, qualche metro più dietro, non si decideva ad avvicinarsi.

Nessuno dei due fratelli si muoveva.

Nessuno diceva niente.

Nel silenzio si sentiva solo la pioggia che veniva giù.

La pioggia.

Papele allungò il piede e toccò la coscia di Ivano.

«Jà» disse, «smettila co' 'sto teatro, che non ti ho fatto niente».

Ivano non si mosse.

La pioggia cadeva.

Carmine fece un passo verso Ivano.

Ma subito si fermò, senza avere il coraggio di avvicinarsi troppo.

Disse solo:

«Ivà... ?».

La pioggia.

Nient'altro.

«Ivà, ch'è stato?» ripeté Carmine.

Senza riuscire a fare quel metro che lo separava dal fratello.

Papele si chinò su Ivano.

Nel tentativo di farlo rinvenire gli afferrò un braccio. Lo strattonò. Gli ammollò due schiaffi sul viso.

Poi avvicinò l'orecchio alla bocca di lui.

Restò così qualche secondo.

Corrugò la fronte.

Gli afferrò il polso.

Lo tenne tra le dita, cercando il battito del cuore.

La pioggia scendeva.

Papele cercava il battito.

Carmine sudava.

La pioggia.

E quel battito che non si trovava.

Papele avvicinò di nuovo l'orecchio alla bocca di lui.

La pioggia.

«È morto» disse Papele.

«Ma che cazzo vai dicendo, Papè?».

Papele si rimise in piedi, senza parlare.

«Ivà, svegliati» disse Carmine a voce alta, «scetati, nun ce fà spaventà...».

Fece quel passo che lo separava dal fratello.

Girò attorno al corpo steso a terra.

Poi si chinò.

«Ivà...».

Allungò la mano, gli sfiorò la guancia, ma subito la ritrasse.

«Ivà...» disse ancora.

Chiuse le dita della mano. Stringendole.

Il pugno restò sospeso nell'aria.

Impotente.

Intorno era rimasta la pioggia.

Solo la pioggia.
«Mò telefoniamo all'ambulanza» disse Carmine rimettendosi in piedi.
Tirò fuori il cellulare, rianimato da quella decisione.
Compose il numero. Con la mano che un poco gli tremava. E che nonostante gli sforzi non riusciva a controllare.
Il cellulare gli cadde per terra.
Lo raccolse.
Tornò a comporre il numero.
La mano tremava sempre.
«È morto» ripeté Papele, «non si può fare niente più».
Per un istante un lampo illuminò a giorno i tetti intorno.
Poi un tuono devastò quel silenzio irreale.
La luce se ne andò e il buio piombò nella stanza.
«Pronto, qua serve un'ambulanza, è urgente...».
Papele si avvicinò al fratello e lo guardò attraverso quel buio illuminato solo dalla luce azzurrina del cellulare.
Disse:
«Non ci conviene chiamare all'ambulanza».

Carmine restò turbato da quello sguardo che sembrava lampeggiare nell'ombra.

Qualcuno dal cellulare chiese l'indirizzo. Era già la seconda volta che lo chiedeva.

«L'indirizzo...? Sì...».

Però non era più convinto come prima.

«Non ci conviene» disse di nuovo Papele. La sua voce si confondeva con quell'oscurità che tutto avvolgeva. «Se arriva qualcuno qua succede un terremoto. Ci vanno di mezzo gli affari, la carriera politica, le amicizie, la famiglia. Ci va di mezzo tutto. Queste sono cose tra fratelli, Carminù. E dentro alle cose dei fratelli è meglio che non ci trase nessuno».

Allungò la mano.

Delicatamente spense il cellulare di Carmine.

E Carmine rimase là. Nel buio che ora era completo. Con il cellulare spento in mano. E l'espressione persa.

Per un momento interminabile restarono immobili.

Si guardarono senza potersi vedere.

Eppure era come se si vedessero.

«Ma noi l'abbiamo ammazzato, Papè!».

«No!» rispose subito Papele, alzando leggermente la voce.

E c'era un fremito in quel *no*. Un'agitazione sottile che per un istante non riuscì a controllare.

«No no» ripeté con lo stesso fremito. «Noi non teniamo colpa di quello che è capitato».

E continuò a vomitare parole una dietro l'altra, simili a una cantilena sussurrata a mezza voce:

«Nostro fratello è sempre stato un debole era troppo debole Ivano troppo debole per questo motivo è morto perché s'è pigliato appaura, e la paura l'ha fottuto».

Fece una pausa.

E in quella pausa ritrovò il controllo. E la voce tornò ferma, senza incrinature.

«Lui era diverso da noi, Carminù. Se era come a noi, non moriva. Ivano era diverso, teneva 'sta fissazione, 'sto pensiero malato. Per questo è morto, perché era malato. Ivano era malato. Non è colpa nostra».

La pioggia cadeva.

La pioggia maledetta.

«Era malato» ripeté Papele. «Non è colpa nostra».

I secondi passavano.

Senza passare mai.

«E che facciamo, allora?».

Ancora la pioggia.
Non finiva più.
Non finirà mai, pensò Carmine.
«Facciamo che s'è impiccato» disse Papele.
«Impiccato?».
«Impiccato, sissignore».
«Ma impiccato come?».
«Impiccato, Carminù, come tutti i malati disgraziati che decidono di farla finita».
In quell'attimo la luce tornò.
Papele prese la sciarpa che era caduta sul pavimento e guardò in alto. Cercando un punto dove legarla.
Intanto continuava a parlare.
«Ivano era strano, solitario. Gli è venuta un poco di depressione e ha deciso di farla finita...».
Nel frattempo che parlava prese la sedia e la spostò sotto una trave di legno.
«...Troppe responsabilità, troppo stress, troppa vergogna...».
Salì sulla sedia.
Fece passare la sciarpa attraverso l'occhiello di un gancio che sembrava messo lì apposta per quello che aveva in mente.
Preparò il nodo scorsoio.
«... Il giorno dell'anniversario della morte di

papà, non ha più resistito: si è messo la sciarpa intorno al collo... e l'ha fatta finita».

Il nodo scorsoio era pronto.

«Questa sarà la versione ufficiale».

Scese dalla sedia.

Si avvicinò a Ivano.

Provò a tirarlo su.

Pesava troppo.

«Aiutami. Dammi una mano».

Carmine restò senza muoversi. Stordito. Stralunato.

Tutto accadeva troppo in frettta.

«E jà, Carminù!».

Alla fine si avvicinò.

Lo prese per i piedi.

E insieme lo sollevarono.

Papele salì sulla sedia.

E intanto che tirava su il corpo del fratello, con la voce incrinata dallo sforzo, disse:

«Però... sai una cosa, Carminù?».

«Che cosa?».

Papele lo guardò.

Aveva gli occhi arrossati dal vino e dallo sforzo. E nello sguardo, per un attimo apparve un bagliore, che a Carmine sembrò un bagliore di follia.

«Tutti resteranno col dubbio».

«Quale dubbio?».

«Su nostro fratello. Si è suicidato, certo, però... forse... Hai capito? Con un fratello morto così... facimmo ancora cchiù paura».

Con uno scatto sollevò il corpo di Ivano.

Gli sistemò la sciarpa intorno al collo.

La sciarpa che la madre gli aveva regalato per il suo compleanno.

Strinse un poco il nodo.

E lasciò andare il corpo del fratello

E quando lo lasciò andare, Ivano restò là. A penzolare nel vuoto della stanza.

In silenzio.

Accompagnato solo dal rumore della pioggia.

8

Scesero le scale senza dirsi altro.

D'altronde non c'era bisogno di altre parole. Da lì a qualche ora, Carmine avrebbe chiamato uno dei suoi amici, che avrebbe chiamato qualcun altro. Un dottore avrebbe sostenuto che Ivano soffriva di depressione. E il suicidio sarebbe stato confermato senza ulteriori accertamenti.

Ci sarebbe stato il funerale.

Avrebbero abbassato le saracinesche al passaggio del feretro.

Avrebbero sospeso la riunione del consiglio comunale.

E poi, trascorsa qualche settimana, sarebbe cominciata la campagna elettorale.

L'importante, però, era non pensare adesso.

Spinsero il portone e furono all'aperto.

Era ancora notte. Per strada non c'era nessuno.

Pioveva sempre. Si era alzato il vento.

Il Mercedes era parcheggiato proprio là davanti. Per raggiungerlo si bagnarono appena le scarpe.

Carmine mise in moto.

La macchina partì.

Attraversò il centro del paese e passò accanto al porto.

Carmine era convinto di tenere tutto sotto controllo, come aveva sempre fatto. Di riuscire a dominarsi.

Ma di colpo, inaspettate, arrivarono le domande.

Perché non aveva detto niente?

Perché aveva permesso che...

Eppure sarebbe bastata una parola, una sola parola. E quella parola sarebbe stata sufficiente.

Invece era rimasto in silenzio.

E ora quel silenzio non gli dava tregua. Lo avrebbe seguito, inesorabile, per tutta la vita. Come quella pioggia che continuava a cadere. Che si abbatteva sulla macchina. A ondate. Colpendola quasi con rabbia. E che si confondeva con il nero della notte.

Vide un'ombra sulla strada. O almeno così gli parve.

Lampeggiò una o due volte, ma i fari del Mercedes illuminarono solo l'acqua che scendeva.

Forse un cane.

O una busta d'immondizia portata dal vento.

Con la manica della giacca pulì il vetro, ma subito il vetro tornò ad appannarsi.

Faceva fatica a concentrarsi sulla guida.

I pensieri...

No, non doveva pensare.

Ma non riusciva a farne a meno.

E sempre quella domanda.

Perché non aveva detto niente?

Continuava a ripeterselo.

Doveva trovare una risposta.

A tutti i costi.

Gettò uno sguardo verso Papele.

Il fratello fissava la strada, in silenzio. Si chiese se anche Papele pensava a quel che era accaduto.

Ma il fratello era diverso da lui. Non era tipo da farsi troppe domande. E poi Papele aveva bevuto troppo vino a cena, troppo limoncello. Non che il vino e il limoncello c'entrassero qualcosa. O forse sì, chi l'avrebbe potuto dire con certezza.

Cercò di concentrarsi su quello che c'era da fare.

A chi telefonare, per prima cosa.

E poi che cosa dire alla moglie appena arrivato a casa.

Doveva mentirle, era indispensabile, ma Rosaria lo conosceva così bene, non gli avrebbe creduto.

Forse la cosa migliore sarebbe stata confidarsi con lei. Ammettere le proprie responsabilità e...

No, era impossibile.

Doveva ficcarsi bene in testa che non poteva parlare con nessuno di quanto successo. Né con la moglie né con chiunque altro.

Intanto però aveva sbagliato strada.

Era troppo teso. I pensieri continuavano a girare intorno alla serata appena trascorsa. E lui non voleva pensare.

Tornò indietro. Costeggiò di nuovo il porto.

Il mare era scuro. Le barche, sferzate dal vento e dalla pioggia, ondeggiavano su se stesse.

La banchina era deserta.

Che ora era?

Le quattro.

Quella era l'ora in cui di solito si svegliava.

Una volta sveglio rimaneva per qualche minuto nel caldo del letto, accanto alla moglie. Poi si alzava. Si preparava il caffè e se lo andava a bere nel salotto. Guardando un documentario sugli animali. Quelle immagini, che raccontavano in maniera cruda la lotta per la sopravvivenza, avevano la capacità di rilassarlo, di allontanare le preoccupazioni, di prepararlo all'inizio di un nuovo giorno.

E ora, invece...

Solo quella pioggia maledetta nella quale affogare dentro.

Avrebbe voluto gridare.

Ma rimase in silenzio. Stringendo il volante. Con gli occhi incollati alla strada.

Di colpo, da quel mare d'acqua che li circondava, comparve una Panda bianca. Era capovolta, al centro della strada. Immobile. Con le quattro luci accese.

Carmine rallentò, prima di sorpassare dette un'occhiata nello specchietto retrovisore, poi si spostò sulla corsia di sinistra.

Quando sorpassò la macchina capovolta, gli sembrò di vedere qualcuno che da dietro a un finestrino gesticolava, chiedendo aiuto.

Per un attimo gli sembrò perfino che a fare quei segni fosse...

Ma no, sciocchezze.

Doveva calmarsi.

Accelerò leggermente.

Papele si voltò a guardare la Panda. Non disse niente. Solo gli venne da ruttare. E tornò a fissare la strada.

Percorsero la litoranea. Deserta anche quella.

Poi arrivarono nella piazza con i bar.

I bar erano chiusi. La piazza allagata. E un cavallo, con la pancia gonfia, affiorava dall'acqua, illuminato dalla luce arancione di un semaforo che lampeggiava senza sosta.

Gli sembrò la scena di un film. Un film di fantascienza, con il mondo che sta per essere cancellato da una catastrofe imminente.

Cercò di tenersi al centro della piazza, dove le pozze d'acqua parevano meno profonde.

Attraversarono la piazza.

Quando furono all'altezza della Cumana, Carmine svoltò a sinistra e imboccò la salita.

Subito però si trovarono immersi in un torrente d'acqua che scorreva con furia e pareva volesse spazzarli via. L'acqua arrivava quasi alle portiere. Il motore poteva spegnersi da un momento all'altro.

Carmine scalò in seconda, ma le ruote slittarono sull'asfalto. La macchina cominciò a scivolare all'indietro.

Accelerò. Ma la macchina continuò a scivolare.

Allora provò a tirare il freno a mano.

La macchina prese a girare su se stessa. Senza più controllo. Una, due, tre volte...

«Che cazzo» disse Papele, attaccandosi alla maniglia.

Il Mercedes fece un altro mezzo giro. Poi andò a sbattere con la parte posteriore contro un cassonetto dell'immondizia.

Carmine inserì la prima. Mollò il freno a mano e spinse il pedale dell'acceleratore. Le ruote tornarono a far presa e il Mercedes ricominciò a salire.

Con lentezza.

Simile a una barca in lotta con la corrente.

Finalmente la salita terminò e Carmine girò a sinistra. Imboccò il viale dove abitava Papele.

Cinquanta metri ancora e furono davanti al cancello.

Carmine fermò la macchina. Con il motore al minimo.

I tergicristalli sbattevano avanti e indietro.

Papele non scese subito. Rimase seduto. Senza dire niente. Fissando l'acqua che cadeva.

Anche lui pensava a quel che era successo?

È probabile.

Ed è probabile che volesse parlarne.

Invece restò in silenzio. A guardare la pioggia che seguitava a venir giù.

Stavano entrambi lì. Senza muoversi.

Con quel rumore dei tergicristalli.

Mentre la pioggia sbatteva furiosa sul tettuccio della macchina.

Era come se aspettassero qualcosa.

Ma che cosa potevano aspettare, ormai?

«'Sta sfaccimma di pioggia non la vuole più finire» sbottò di colpo Papele.

Poi si decise e aprì la portiera.

«Vabbuò, noi ci sentiamo più tardi» disse risoluto.

Scese dalla macchina.

Chiuse la portiera.

Si alzò il bavero del giubbino e s'incamminò svelto.

Quando arrivò davanti al cancello era già bagnato dalla testa ai piedi.

Infilò la mano in tasca, senza trovare le chiavi. Bestemmiò quella notte di pioggia e con la pioggia anche Dio che non si decideva a farla smettere.

Poi trovò le chiavi, le tirò fuori e fece per infilarle nella serratura.

«Papè!».

Papele si voltò verso il fratello. Che l'aveva chiamato dalla macchina.

Carmine stava lì, con il finestrino abbassato, ma restava in silenzio.

Voleva dire qualcosa.

Ma le parole non riuscivano ad uscire.

O forse non potevano.

«Carminù, ch'è stato?».

Carmine continuava a guardare Papele dalla macchina.

E mentre lo guardava, ebbe la certezza che tutto precipitava sotto la furia dell'acqua.

I fratelli, la famiglia, i cantieri, non esisteva più niente.

Tutto distrutto.

Spazzato via.

Cancellato.

Ripensò a quando avevano riso, a cena, l'ultima volta, tutti e tre assieme.

Quando avevano sperato che quella risata diventasse infinita.

E fu allora, nonostante quell'acqua che cadeva, che a Papele sembrò di vederlo piangere.

«Tutt'a posto, Carminù?».

Carmine sollevò una mano. Disse una o due parole. Ma il tuono cancellò la voce.

Allora Papele tornò verso la macchina, attraversando la pioggia che gli sferzava il viso.

Arrivò davanti al finestrino.

Si chinò leggermente verso il fratello.

E vide le lacrime che scendevano sulle guance di lui. E Carmine non faceva niente per nasconderle. E questo, più delle lacrime stesse, turbò a tal punto Papele da fargli scambiare quelle lacrime per gocce di pioggia.

«Mi volevi dire qualcosa, Carminù?».

Carmine rimase in silenzio, quasi immobile. Ma Papele notò il gesto della mano sotto la giacca.

Un attimo dopo si rese conto che il fratello stringeva nella mano la pistola. E gliela teneva puntata contro.

Papele guardò la pistola.

Poi il fratello.
«Perché?» chiese.
«L'abbiamo ammazzato» rispose Carmine.
«Voleva tradire la famiglia» si difese Papele, «che potevamo fare?».
«E ammazzare un fratello non è tradire la famiglia?».
«Senti, Carminù...».
Carmine non lo fece finire:
«Chi ammazza un fratello deve pagare».
Non aggiunse altro. Non c'era altro da aggiungere.
Papele guardò ancora una volta Carmine.
Poi si concentrò sulla pistola.
Pronto a scattare.
Il tuono squarciò il silenzio del paese e si confuse con il colpo di pistola.
Papele fece due passi all'indietro. Per sei o sette secondi ondeggiò. Con le braccia stese lungo i fianchi, appena allargate.
Poi si piegò sulle ginocchia.
E mentre si piegava, il Mercedes fece manovra, le ruote slittarono sull'asfalto bagnato, poi la macchina schizzò via per il viale.
Un'ondata d'acqua e di fango si mischiò con il sangue di Papele.

Ancora un momento e Papele si chinò in avanti, piano, fino a toccare con la fronte la strada.

Restò così.

Piegato, sotto la pioggia.

Come un pupazzo a cui avevano tagliato i fili.

Intanto il Mercedes correva veloce.

Correva.

E Carmine stringeva il volante.

Con lo sguardo velato dalle lacrime. Dal dolore. Dalla colpa.

Correva.

Una curva dietro l'altra, una strada dopo l'altra, con i semafori che lampeggiavano senza sosta, con le piazze che si spalancavano improvvise come pozze di sangue, e la pioggia, che continuava ad abbattersi su di lui.

Gli venne in mente la foto appesa alla parete. Quella strada di sera, appena illuminata. Quella persona in piedi, accanto al portone, come in attesa di qualcosa.

Rivide Ivano, felice di portargli le polpette a tavola.

E ripensò al giorno in cui il fratello aveva proposto di vedersi solo loro tre, a cena, nell'anniversario della morte del padre.

Accelerò ancora, ma non c'era possibilità di fuga per lui. Lo sapeva. Non cercava scuse. Attenuanti. Né poteva cancellare il dolore. La colpa.

Tornò a sentire quella risata che non sarebbe mai dovuta terminare.

E la voce del fratello che diceva *io non sono come voi*.

E poi vide Papele che stringeva la sciarpa intorno al collo di Ivano.

Una parola, una sola parola sarebbe bastata.

E invece...

Lanciò un grido.

Un grido disperato che attraversò la pioggia senza riuscire a fermarla.

E poi, inaspettato, apparve davanti a lui il mare, increspato dal vento, dall'acqua che cadeva, dalla follia di quella notte.

Quel mare nero, quasi invisibile, dal quale si alzavano spruzzi d'acqua, e gemiti, e lacrime, e dolore.

Il mare, finalmente.

Che lo aspettava.

Che non lo avrebbe giudicato.

Che già spalancava le sue braccia per accoglierlo.

E mentre Carmine si lanciava in quelle braccia, gli sembrò di vedere Papele e Ivano che dalle onde gli sorridevano. Gli parve di sentire ancora una volta quella risata.

Il Mercedes oltrepassò veloce il bordo della banchina e planò sull'acqua, con un tonfo.

Per un tempo indefinito restò a galleggiare, incerto.

Poi, in un attimo, venne ingoiato da quel mare. E sparì nel nulla.

Ringraziamenti

Voglio ringraziare, in ordine di apparizione:

Pasqualino e il suo Lu Baril, dove ogni mattina parlavamo di questa storia. Che all'inizio non era una storia, ma solo una frase scritta a matita sopra un pezzetto di carta.

Francesco di Leva, Adriano Pantaleo e Giuseppe Gaudino, che mi hanno ospitato al Teatro Nest, regalandomi molto più di quel che immaginano.

Lucy, per i suoi dubbi.

Giovanni Turi, arguto come sempre.

Ulderico, Letizia, Stefano, per la disponibilità, per l'entusiasmo.

Carmen Prestia, che ha completato il cerchio con il più prezioso dei consigli.

Indice

Questo volume è stato stampato
su carta Grifo vergata
delle Cartiere di Fabriano
nel mese di settembre 2021

Stampa: Officine Grafiche soc. coop., Palermo

Legatura: LE.I.MA. s.r.l., Palermo

La memoria

Ultimi volumi pubblicati

901 Colin Dexter. Niente vacanze per l'ispettore Morse
902 Francesco M. Cataluccio. L'ambaradan delle quisquiglie
903 Giuseppe Barbera. Conca d'oro
904 Andrea Camilleri. Una voce di notte
905 Giuseppe Scaraffia. I piaceri dei grandi
906 Sergio Valzania. La Bolla d'oro
907 Héctor Abad Faciolince. Trattato di culinaria per donne tristi
908 Mario Giorgianni. La forma della sorte
909 Marco Malvaldi. Milioni di milioni
910 Bill James. Il mattatore
911 Esmahan Aykol, Andrea Camilleri, Gian Mauro Costa, Marco Malvaldi, Antonio Manzini, Francesco Recami. Capodanno in giallo
912 Alicia Giménez-Bartlett. Gli onori di casa
913 Giuseppe Tornatore. La migliore offerta
914 Vincenzo Consolo. Esercizi di cronaca
915 Stanisław Lem. Solaris
916 Antonio Manzini. Pista nera
917 Xiao Bai. Intrigo a Shanghai
918 Ben Pastor. Il cielo di stagno
919 Andrea Camilleri. La rivoluzione della luna
920 Colin Dexter. L'ispettore Morse e le morti di Jericho
921 Paolo Di Stefano. Giallo d'Avola
922 Francesco M. Cataluccio. La memoria degli Uffizi
923 Alan Bradley. Aringhe rosse senza mostarda
924 Davide Enia. maggio '43
925 Andrea Molesini. La primavera del lupo
926 Eugenio Baroncelli. Pagine bianche. 55 libri che non ho scritto
927 Roberto Mazzucco. I sicari di Trastevere
928 Ignazio Buttitta. La peddi nova
929 Andrea Camilleri. Un covo di vipere
930 Lawrence Block. Un'altra notte a Brooklyn

931 Francesco Recami. Il segreto di Angela
932 Andrea Camilleri, Gian Mauro Costa, Alicia Giménez-Bartlett, Marco Malvaldi, Antonio Manzini, Francesco Recami. Ferragosto in giallo
933 Alicia Giménez-Bartlett. Segreta Penelope
934 Bill James. Tip Top
935 Davide Camarrone. L'ultima indagine del Commissario
936 Storie della Resistenza
937 John Glassco. Memorie di Montparnasse
938 Marco Malvaldi. Argento vivo
939 Andrea Camilleri. La banda Sacco
940 Ben Pastor. Luna bugiarda
941 Santo Piazzese. Blues di mezz'autunno
942 Alan Bradley. Il Natale di Flavia de Luce
943 Margaret Doody. Aristotele nel regno di Alessandro
944 Maurizio de Giovanni, Alicia Giménez-Bartlett, Bill James, Marco Malvaldi, Antonio Manzini, Francesco Recami. Regalo di Natale
945 Anthony Trollope. Orley Farm
946 Adriano Sofri. Machiavelli, Tupac e la Principessa
947 Antonio Manzini. La costola di Adamo
948 Lorenza Mazzetti. Diario londinese
949 Gian Mauro Costa, Alicia Giménez-Bartlett, Marco Malvaldi, Antonio Manzini, Francesco Recami. Carnevale in giallo
950 Marco Steiner. Il corvo di pietra
951 Colin Dexter. Il mistero del terzo miglio
952 Jennifer Worth. Chiamate la levatrice
953 Andrea Camilleri. Inseguendo un'ombra
954 Nicola Fantini, Laura Pariani. Nostra Signora degli scorpioni
955 Davide Camarrone. Lampaduza
956 José Roman. Chez Maxim's. Ricordi di un fattorino
957 Luciano Canfora. 1914
958 Alessandro Robecchi. Questa non è una canzone d'amore
959 Gian Mauro Costa. L'ultima scommessa
960 Giorgio Fontana. Morte di un uomo felice
961 Andrea Molesini. Presagio
962 La partita di pallone. Storie di calcio
963 Andrea Camilleri. La piramide di fango
964 Beda Romano. Il ragazzo di Erfurt
965 Anthony Trollope. Il Primo Ministro
966 Francesco Recami. Il caso Kakoiannis-Sforza
967 Alan Bradley. A spasso tra le tombe
968 Claudio Coletta. Amstel blues
969 Alicia Giménez-Bartlett, Marco Malvaldi, Antonio Manzini, Francesco Recami, Alessandro Robecchi, Gaetano Savatteri. Vacanze in giallo
970 Carlo Flamigni. La compagnia di Ramazzotto

971 Alicia Giménez-Bartlett. Dove nessuno ti troverà
972 Colin Dexter. Il segreto della camera 3
973 Adriano Sofri. Reagì Mauro Rostagno sorridendo
974 Augusto De Angelis. Il canotto insanguinato
975 Esmahan Aykol. Tango a Istanbul
976 Josefina Aldecoa. Storia di una maestra
977 Marco Malvaldi. Il telefono senza fili
978 Franco Lorenzoni. I bambini pensano grande
979 Eugenio Baroncelli. Gli incantevoli scarti. Cento romanzi di cento parole
980 Andrea Camilleri. Morte in mare aperto e altre indagini del giovane Montalbano
981 Ben Pastor. La strada per Itaca
982 Esmahan Aykol, Alan Bradley, Gian Mauro Costa, Maurizio de Giovanni, Nicola Fantini e Laura Pariani, Alicia Giménez-Bartlett, Francesco Recami. La scuola in giallo
983 Antonio Manzini. Non è stagione
984 Antoine de Saint-Exupéry. Il Piccolo Principe
985 Martin Suter. Allmen e le dalie
986 Piero Violante. Swinging Palermo
987 Marco Balzano, Francesco M. Cataluccio, Neige De Benedetti, Paolo Di Stefano, Giorgio Fontana, Helena Janeczek. Milano
988 Colin Dexter. La fanciulla è morta
989 Manuel Vázquez Montalbán. Galíndez
990 Federico Maria Sardelli. L'affare Vivaldi
991 Alessandro Robecchi. Dove sei stanotte
992 Nicola Fantini e Laura Pariani, Marco Malvaldi, Dominique Manotti, Antonio Manzini, Francesco Recami, Gaetano Savatteri. La crisi in giallo
993 Jennifer. Worth. Tra le vite di Londra
994 Hai voluto la bicicletta. Il piacere della fatica
995 Alan Bradley. Un segreto per Flavia de Luce
996 Giampaolo Simi. Cosa resta di noi
997 Alessandro Barbero. Il divano di Istanbul
998 Scott Spencer. Un amore senza fine
999 Antonio Tabucchi. La nostalgia del possibile
1000 La memoria di Elvira
1001 Andrea Camilleri. La giostra degli scambi
1002 Enrico Deaglio. Storia vera e terribile tra Sicilia e America
1003 Francesco Recami. L'uomo con la valigia
1004 Fabio Stassi. Fumisteria
1005 Alicia Giménez-Bartlett, Marco Malvaldi, Antonio Manzini, Santo Piazzese, Francesco Recami, Gaetano Savatteri. Turisti in giallo
1006 Bill James. Un taglio radicale
1007 Alexander Langer. Il viaggiatore leggero. Scritti 1961-1995
1008 Antonio Manzini. Era di maggio

1009 Alicia Giménez-Bartlett. Sei casi per Petra Delicado
1010 Ben Pastor. Kaputt Mundi
1011 Nino Vetri. Il Michelangelo
1012 Andrea Camilleri. Le vichinghe volanti e altre storie d'amore a Vigàta
1013 Elvio Fassone. Fine pena: ora
1014 Dominique Manotti. Oro nero
1015 Marco Steiner. Oltremare
1016 Marco Malvaldi. Buchi nella sabbia
1017 Pamela Lyndon Travers. Zia Sass
1018 Giosuè Calaciura, Gianni Di Gregorio, Antonio Manzini, Fabio Stassi, Giordano Tedoldi, Chiara Valerio. Storie dalla città eterna
1019 Giuseppe Tornatore. La corrispondenza
1020 Rudi Assuntino, Wlodek Goldkorn. Il guardiano. Marek Edelman racconta
1021 Antonio Manzini. Cinque indagini romane per Rocco Schiavone
1022 Lodovico Festa. La provvidenza rossa
1023 Giuseppe Scaraffia. Il demone della frivolezza
1024 Colin Dexter. Il gioiello che era nostro
1025 Alessandro Robecchi. Di rabbia e di vento
1026 Yasmina Khadra. L'attentato
1027 Maj Sjöwall, Tomas Ross. La donna che sembrava Greta Garbo
1028 Daria Galateria. L'etichetta alla corte di Versailles. Dizionario dei privilegi nell'età del Re Sole
1029 Marco Balzano. Il figlio del figlio
1030 Marco Malvaldi. La battaglia navale
1031 Fabio Stassi. La lettrice scomparsa
1032 Esmahan Aykol, Gian Mauro Costa, Alicia Giménez-Bartlett, Marco Malvaldi, Antonio Manzini, Francesco Recami, Gaetano Savatteri. Il calcio in giallo
1033 Sergej Dovlatov. Taccuini
1034 Andrea Camilleri. L'altro capo del filo
1035 Francesco Recami. Morte di un ex tappezziere
1036 Alan Bradley. Flavia de Luce e il delitto nel campo dei cetrioli
1037 Manuel Vázquez Montalbán. Io, Franco
1038 Antonio Manzini. 7-7-2007
1039 Luigi Natoli. I Beati Paoli
1040 Gaetano Savatteri. La fabbrica delle stelle
1041 Giorgio Fontana. Un solo paradiso
1042 Dominique Manotti. Il sentiero della speranza
1043 Marco Malvaldi. Sei casi al BarLume
1044 Ben Pastor. I piccoli fuochi
1045 Luciano Canfora. 1956. L'anno spartiacque
1046 Andrea Camilleri. La cappella di famiglia e altre storie di Vigàta
1047 Nicola Fantini, Laura Pariani. Che Guevara aveva un gallo
1048 Colin Dexter. La strada nel bosco
1049 Claudio Coletta. Il manoscritto di Dante

1050 Giosuè Calaciura, Andrea Camilleri, Francesco M. Cataluccio, Alicia Giménez-Bartlett, Antonio Manzini, Francesco Recami, Fabio Stassi. Storie di Natale
1051 Alessandro Robecchi. Torto marcio
1052 Bill James. Uccidimi
1053 Alan Bradley. La morte non è cosa per ragazzine
1054 Émile Zola. Il denaro
1055 Andrea Camilleri. La mossa del cavallo
1056 Francesco Recami. Commedia nera n. 1
1057 Marco Consentino, Domenico Dodaro, Luigi Panella. I fantasmi dell'Impero
1058 Dominique Manotti. Le mani su Parigi
1059 Antonio Manzini. La giostra dei criceti
1060 Gaetano Savatteri. La congiura dei loquaci
1061 Sergio Valzania. Sparta e Atene. Il racconto di una guerra
1062 Heinz Rein. Berlino. Ultimo atto
1063 Honoré de Balzac. Albert Savarus
1064 Alicia Giménez-Bartlett, Marco Malvaldi, Antonio Manzini, Francesco Recami, Alessandro Robecchi, Gaetano Savatteri. Viaggiare in giallo
1065 Fabio Stassi. Angelica e le comete
1066 Andrea Camilleri. La rete di protezione
1067 Ben Pastor. Il morto in piazza
1068 Luigi Natoli. Coriolano della Floresta
1069 Francesco Recami. Sei storie della casa di ringhiera
1070 Giampaolo Simi. La ragazza sbagliata
1071 Alessandro Barbero. Federico il Grande
1072 Colin Dexter. Le figlie di Caino
1073 Antonio Manzini. Pulvis et umbra
1074 Jennifer Worth. Le ultime levatrici dell'East End
1075 Tiberio Mitri. La botta in testa
1076 Francesco Recami. L'errore di Platini
1077 Marco Malvaldi. Negli occhi di chi guarda
1078 Pietro Grossi. Pugni
1079 Edgardo Franzosini. Il mangiatore di carta. Alcuni anni della vita di Johann Ernst Biren
1080 Alan Bradley. Flavia de Luce e il cadavere nel camino
1081 Anthony Trollope. Potete perdonarla?
1082 Andrea Camilleri. Un mese con Montalbano
1083 Emilio Isgrò. Autocurriculum
1084 Cyril Hare. Un delitto inglese
1085 Simonetta Agnello Hornby, Esmahan Aykol, Andrea Camilleri, Gian Mauro Costa, Alicia Giménez-Bartlett, Marco Malvaldi, Antonio Manzini, Santo Piazzese, Francesco Recami, Alessandro Robecchi, Gaetano Savatteri, Fabio Stassi. Un anno in giallo
1086 Alessandro Robecchi. Follia maggiore

1087 S. N. Behrman. Duveen. Il re degli antiquari
1088 Andrea Camilleri. La scomparsa di Patò
1089 Gian Mauro Costa. Stella o croce
1090 Adriano Sofri. Una variazione di Kafka
1091 Giuseppe Tornatore, Massimo De Rita. Leningrado
1092 Alicia Giménez-Bartlett. Mio caro serial killer
1093 Walter Kempowski. Tutto per nulla
1094 Francesco Recami. La clinica Riposo & Pace. Commedia nera n. 2
1095 Margaret Doody. Aristotele e la Casa dei Venti
1096 Antonio Manzini. L'anello mancante. Cinque indagini di Rocco Schiavone
1097 Maria Attanasio. La ragazza di Marsiglia
1098 Duško Popov. Spia contro spia
1099 Fabio Stassi. Ogni coincidenza ha un'anima
1100
1101 Andrea Camilleri. Il metodo Catalanotti
1102 Giampaolo Simi. Come una famiglia
1103 P. T. Barnum. Battaglie e trionfi. Quarant'anni di ricordi
1104 Colin Dexter. La morte mi è vicina
1105 Marco Malvaldi. A bocce ferme
1106 Enrico Deaglio. La zia Irene e l'anarchico Tresca
1107 Len Deighton. SS-GB. I nazisti occupano Londra
1108 Maksim Gor'kij. Lenin, un uomo
1109 Ben Pastor. La notte delle stelle cadenti
1110 Antonio Manzini. Fate il vostro gioco
1111 Andrea Camilleri. Gli arancini di Montalbano
1112 Francesco Recami. Il diario segreto del cuore
1113 Salvatore Silvano Nigro. La funesta docilità
1114 Dominique Manotti. Vite bruciate
1115 Anthony Trollope. Phineas Finn
1116 Martin Suter. Il talento del cuoco
1117 John Julius Norwich. Breve storia della Sicilia
1118 Gaetano Savatteri. Il delitto di Kolymbetra
1119 Roberto Alajmo. Repertorio dei pazzi della città di Palermo
1120 Andrea Camilleri, Gian Mauro Costa, Alicia Giménez-Bartlett, Marco Malvaldi, Dominique Manotti, Santo Piazzese, Francesco Recami, Gaetano Savatteri. Una giornata in giallo
1121 Giosuè Calaciura. Il tram di Natale
1122 Antonio Manzini. Rien ne va plus
1123 Uwe Timm. Un mondo migliore
1124 Franco Lorenzoni. I bambini ci guardano. Una esperienza educativa controvento
1125 Alicia Giménez-Bartlett. Exit
1126 Claudio Coletta. Prima della neve
1127 Alejo Carpentier. Guerra del tempo
1128 Lodovico Festa. La confusione morale

1129 Jenny Erpenbeck. Di passaggio
1130 Alessandro Robecchi. I tempi nuovi
1131 Jane Gardam. Figlio dell'Impero Britannico
1132 Andrea Molesini. Dove un'ombra sconsolata mi cerca
1133 Yokomizo Seishi. Il detective Kindaichi
1134 Ildegarda di Bingen. Cause e cure delle infermità
1135 Graham Greene. Il console onorario
1136 Marco Malvaldi, Glay Ghammouri. Vento in scatola
1137 Andrea Camilleri. Il cuoco dell'Alcyon
1138 Nicola Fantini, Laura Pariani. Arrivederci, signor Čajkovskij
1139 Francesco Recami. L'atroce delitto di via Lurcini. Commedia nera n. 3
1140 Gian Mauro Costa, Marco Malvaldi, Santo Piazzese, Francesco Recami, Alessandro Robecchi, Gaetano Savatteri, Giampaolo Simi, Fabio Stassi. Cinquanta in blu. Otto racconti gialli
1141 Colin Dexter. Il giorno del rimorso
1142 Maurizio de Giovanni. Dodici rose a Settembre
1143 Ben Pastor. La canzone del cavaliere
1144 Tom Stoppard. Rosencrantz e Guildenstern sono morti
1145 Franco Cardini. Lawrence d'Arabia. La vanità e la passione di un eroico perdente
1146 Giampaolo Simi. I giorni del giudizio
1147 Katharina Adler. Ida
1148 Francesco Recami. La verità su Amedeo Consonni
1149 Graham Greene. Il treno per Istanbul
1150 Roberto Alajmo, Maria Attanasio, Giosuè Calaciura, Davide Camarrone, Giorgio Fontana, Alicia Giménez-Bartlett, Antonio Manzini, Andrea Molesini, Uwe Timm. Cinquanta in blu. Storie
1151 Adriano Sofri. Il martire fascista. Una storia equivoca e terribile
1152 Alan Bradley. Il gatto striato miagola tre volte. Un romanzo di Flavia de Luce
1153 Anthony Trollope. Natale a Thompson Hall e altri racconti
1154 Furio Scarpelli. Amori nel fragore della metropoli
1155 Antonio Manzini. Ah l'amore l'amore
1156 Alejo Carpentier. L'arpa e l'ombra
1157 Katharine Burdekin. La notte della svastica
1158 Gian Mauro Costa. Mercato nero
1159 Maria Attanasio. Lo splendore del niente e altre storie
1160 Alessandro Robecchi. I cerchi nell'acqua
1161 Jenny Erpenbeck. Storia della bambina che volle fermare il tempo
1162 Pietro Leveratto. Il silenzio alla fine
1163 Yokomizo Seishi. La locanda del Gatto nero
1164 Gianni Di Gregorio. Lontano lontano
1165 Dominique Manotti. Il bicchiere della staffa
1166 Simona Tanzini. Conosci l'estate?
1167 Graham Greene. Il fattore umano

1168 Marco Malvaldi. Il borghese Pellegrino
1169 John Mortimer. Rumpole per la difesa
1170 Andrea Camilleri. Riccardino
1171 Anthony Trollope. I diamanti Eustace
1172 Fabio Stassi. Uccido chi voglio
1173 Stanisław Lem. L'Invincibile
1174 Francesco Recami. La cassa refrigerata. Commedia nera n. 4
1175 Uwe Timm. La scoperta della currywurst
1176 Szczepan Twardoch. Il re di Varsavia
1177 Antonio Manzini. Gli ultimi giorni di quiete
1178 Alan Bradley. Un posto intimo e bello
1179 Gaetano Savatteri. Il lusso della giovinezza
1180 Graham Greene. Una pistola in vendita
1181 John Julius Norwich. Il Mare di Mezzo. Una storia del Mediterraneo
1182 Simona Baldelli. Fiaba di Natale. Il sorprendente viaggio dell'Uomo dell'aria
1183 Alicia Giménez-Bartlett. Autobiografia di Petra Delicado
1184 George Orwell. Millenovecentottantaquattro
1185 Omer Meir Wellber. Storia vera e non vera di Chaim Birkner
1186 Yasmina Khadra. L'affronto
1187 Giampaolo Simi. Rosa elettrica
1188 Concetto Marchesi. Perché sono comunista
1189 Tom Stoppard. L'invenzione dell'amore
1190 Gaetano Savatteri. Quattro indagini a Màkari
1191 Alessandro Robecchi. Flora
1192 Andrea Albertini. Una famiglia straordinaria
1193 Jane Gardam. L'uomo col cappello di legno
1194 Eugenio Baroncelli. Libro di furti. 301 vite rubate alla mia
1195 Alessandro Barbero. Alabama
1196 Sergio Valzania. Napoleone
1197 Roberto Alajmo. Io non ci volevo venire
1198 Andrea Molesini. Il rogo della Repubblica
1199 Margaret Doody. Aristotele e la Montagna d'Oro
1200
1201 Andrea Camilleri. La Pensione Eva
1202 Antonio Manzini. Vecchie conoscenze
1203 Lu Xun. Grida
1204 William Lindsay Gresham. Nightmare Alley
1205 Colin Dexter. Il più grande mistero di Morse e altre storie
1206 Stanisław Lem. Ritorno dall'universo
1207 Marco Malvaldi. Bolle di sapone